Aviso legal

No se permite la reproducción total o parcial de esta obra, ni su incorporación a un sistema informático, ni su transmisión en cualquier forma o por cualquier medio (electrónico, mecánico, fotocopia, grabación u otros) sin autorización previa y por escrito de los titulares del copyright. La infracción de dichos derechos puede constituir un delito contra la propiedad intelectual.

Editorial: BoD · Books on Demand GmbH,
In de Tarpen 42, 22848 Norderstedt
(Alemania)
Impresión: Libri Plureos GmbH,
Friedensallee 273, 22763 Hamburg
(Alemania)
ISBN: 978-84-1092-020-0

Copyright

© Isidro Canal Valero, 2024

FSC
www.fsc.org
MIXTO
Papel procedente de
fuentes responsables
Paper from
responsible sources
FSC® C105338

Para Eulalia la primera que leyó una frase y la sufrió.

Para vosotros aves, que sin mamá no lo hubieseis conseguido.

Para Mercedes, mi madre, por otorgar su único don a cambio de nada, que hizo lo posible para que su hijo volase.

Para ti papá porque quizás de forma inconsciente me enseñaste todo lo que se espera de un buen hombre.

Para compañeros y amigos que soportaron ideas hasta altas horas de la madrugada.

Y para todos aquellos que fuisteis ojos ciegos y oídos sordos a mis ilusiones...

Mi nombre es Isidro Canal Valero, de 40 años, afincado en un pequeño pueblo de poco menos de 10.000hab.

Construí mi vida en torno a la típica imagen idílica, casado y con dos hijos, un trabajo estable...

A los 36 años tras unos meses con un fuerte dolor repentino y cobarde en la ingle, me diagnosticaron artrosis degenerativa de cadera, el primer mazazo... en mi juventud, fuí deportista de alto rendimiento... toda una vida ligada al deporte y trucada de la noche a la mañana.

Quizás por terquedad continué mi vida, sin dar voz a dicha enfermedad crónica, yo era más valiente, seguía trabajando, jugando con mis dos hijos Quim y Nil...

Pero una noche, el 7 de Julio del 2023 durmiendo... La cabeza del fémur se luxó y con ello me rompió la pelvis, la artrosis habia despertado.

Desde entonces, médicos, médicos y más médicos, a la artrosis se le unió una neuropatia periférica, un dolor indescriptible... actualmente hace 7 dias que me dieron el alta de mi segunda intervención quirúrgica en 10 meses, llevo 4 clavos de columna, una protesis parcial en la cadera derecha y todavia quedan 2 cirugias más como minimo y una fecha de caducidad... 8 años, que son los que pasaran antes de tener que volver a intervenirme de la cadera.. mi vida va a estar supeditada a ese reloj esa alarma cada 8 años, para volver a iniciar el proceso quirurgico... como una condena permanente.

En este tiempo, a modo terapeutico inicié unas pequeñas anotaciones en el movil, sobretodo para explicar como me sentia en ese momento o para recordar cosas... la medicación que tomo basada en opio... no me dejaban recordar el 100% de las cosas.

Los dias fueron pasando, los sueños más reales, cosa normal a causa de la medicación.

Hasta que un día desperte y en mi bloc de anotaciones, me encontre varias frases que no recuerdo haber escrito... Me encontré con mi otro yo y entre ambos escribimos NADIE CAMINARA POR TI, uno en sus momentos de lucidez... el otro de noche, de madrugada sin que apenas recuerde nada.

Esta es mi historia, esta es la historia de NADIE CAMINARÁ POR TI.

NADIE CAMINARÁ POR TI

CAPÍTULO: N
"Nadie caminará por ti"

Esta historia empezaría en un momento cualquiera, en un lugar cualquiera. Justo aquel preciso día, en esa maldita hora exacta...

Las calles ya no estaban llenas de transeúntes, el sonido del motor de los coches, no sonaban, la luz de las farolas, conquistaban las aceras y el sol hacía rato que ya iba en caída libre,como dormitado entre los árboles que asomaban en el horizonte.

Pasaban unos minutos, tal vez más, del ocaso de aquella noche del 7 de Julio, cuando me disponía a dormir a mi hijo mayor, Quim de cuatro años.

Todo parecía transcurrir con absoluta normalidad, de forma común y típica, agotado por un largo día de trabajo y mi hijo, como siempre, luchando contra sus propios párpados, que luchaban por cerrarse, mientras él, peleaba por mantenerlos abiertos.

Al cabo de un buen rato, y con mi paciencia bajo límites, el sueño le venció por fin. Había sido un día que me pareció interminable, pero lo que vendría a continuación, sin saberlo se apoderaría de mí, haciéndolo aún más largo.

En el ocaso de aquel siete de Julio, como el cuervo de Allan Poe, uno o varios pensamientos, con su volateo recurrente y constante, que no cesaba en su afán de sobrevolar sobre mi cabeza, se sucedían varias reflexiones, una tras otra, voraces nubarrones, parecían formarse sobre mi.

Después de toda una vida dedicada al deporte, me diagnosticaron artrosis de cadera, tenía 37 años.
Mi hijo en aquel momento, yacía anestesiado por la oscuridad, por el sonido rítmico de los grillos, en un sueño profundo y placentero.
Mientras tanto, a cada minuto, el insomnio se apoderaba más de mi, me abrazaba, era como una amante exigente que no me dejaba ni un instante.
Volvía el cuervo y con él, mil dudas, mil pensamientos.
¿El presente? Oscuro.
¿El futuro? Incierto.
¿El pasado? Olvidado.
Aquel ave, color negro azabache, camuflada en la noche, como una alimaña, acechando desde la oscuridad, parecía repetir una vez tras otra, con su voz gutural, no caminarás, no caminarás.
Era fácil caer en un pensamiento así, mi vida había cambiado por

completo cambiaría por completo,
justo aquella noche.

Tenía artrosis, ansiedad e insomnio
aquella madrugada. Nada de lo que
tuviese definiría quién soy, ni me
frenaría, me haría más fuerte.

La vida puso piedras en el camino,
para no hacerla tan aburrida.

Pensaba.

Yo mismo me intentaba convencer de
que así sería siempre, intentaba
protegerme de algo inexistente en
aquel momento, pero que se
acercaba lentamente, me estaba
adentrando en un campo de batalla
desconocido para mí y los míos.

En breve, descubriría que en todas
las guerras, no hay ganadores, solo
vencidos y muerte.

Pronto y sin poder evitarlo entraría
en un vasto mundo del que jamás
había oído hablar, pondría el primer
pie en el suelo y ante mis ojos, se
revelaría una tierra, el yermo seco
que hay tras la neblina, un universo

sin límites oscuro y sombrío, llamado dolor.

Sería un páramo donde la esperanza parecía haberse perdido entre los escombros de un mundo olvidado. Las criaturas que lo habitaban no serian más que sombras deformes de lo que alguna vez fue mi vida, sembrando dolor en cada rincón tras sus pasos. Se moverían como espectros, pero sus ojos, huecos y sin alma, me observarían con un odio que desgarraba el alma de cualquiera que los mirara.

El sol, en lugar de calidez, proyectaba en aquel mundo una luz abrasadora que no aliviaba, sino que cargaba el aire de ansiedad. Era como si sus rayos fueran cadenas, envolviendo a los viajeros en una sensación de desamparo, haciéndoles sentir cada grieta de su propia vulnerabilidad y en su propio cuerpo.

Cuando la noche llegaba a aquel lugar sin coordenadas, no traía el descanso. La luna, grande y pálida, vigilaba el paisaje como un ojo impasible, infundiendo desquicio en quienes se atrevían a mirarla. Su luz fría revelaría formas ocultas para mi, que parecían más reales que el propio terreno. Era imposible distinguir entre lo tangible y lo imaginario y esa confusión alimentaba la paranoia de los pocos que aún osaban recorrer el yermo.

Los ecos del viento arrastraban susurros, palabras indescifrables que se colaban en mi mente, germinando dudas y miedos que crecían como una planta que es mejor no tocar. El tiempo parecía detenerse, atrapando mi alma en un limbo donde el sufrimiento era eterno y la realidad, una broma cruel.

Pronto caería en ese mundo olvidado, en un pozo sin fronteras.

CAPÍTULO I
"El suelo es lava"

Con lentitud pasaron las horas. La noche cedió lentamente ante el amanecer, como si el universo desenrollara un velo oscuro para revelar el lienzo de un nuevo día. La luz artificial que bañaba las calles comenzó a desvanecerse, una a una, las farolas fueron apagándose con un parpadeo final, dejando al mundo en manos del alba.

Las estrellas, que habían colgadas como joyas nítidas en el firmamento, se volvieron cada vez más tímidas, perdiéndose en la creciente luminosidad. El cielo pasó del negro profundo al azul oscuro, luego a un gris perlado que anunciaba el inminente despertar del sol. Sus primeros rayos se deslizaban por el horizonte, pintando las nubes de tonos rosados y naranjas mientras extendían su cálida influencia sobre los tejados, las aceras y los campos dormidos.

El silencio nocturno fue reemplazado por un murmullo creciente. Las puertas se abrían, dejando salir a hombres y mujeres con mochilas y bolsos al hombro, trajes bien ajustados o uniformes, que caminaban con prisa hacia paradas de autobús. Algunos encendían sus motores y los primeros coches comenzaban a llenar las calles, cargados de trabajadores que apuraban los últimos minutos antes de iniciar sus trayectos, navegando por el tráfico incipiente.

Así, el planeta fue poco a poco fue despertando, un día más iniciado entre luces que se apagaban, estrellas que se rendían y el ir y venir de una humanidad que nunca se detenía.

Apenas podía recordar ningún pensamiento de la noche anterior o mejor dicho, de las horas anteriores, las había visto y saludado con la mirada, todas y cada una de ellas e impasibles jamás me devolvieron el saludo.

Una amnesia enfermiza me tomó y por mucho que me esforzase, algo o alguien, había reseteado mi cabeza. El sol salió de nuevo, como cada día, creía que iba a ser un despertar más como los de siempre.

Todo parecía indicar, que el surgir de una nueva mañana, no traería nada nuevo respecto al anterior, excepto el sueño, fruto del insomnio sufrido aquella madrugada.

Las rutinas del día a día de tantos otros, el olor a café, despertar a mis hijos, vestirles, alguna galleta de chocolate para desayunar y las prisas de siempre.

Pero la noche con su oscura y larga garra, me obsequió con algo no deseado.

En algún momento de aquella travesía nocturna, mientras dormía profundamente, el cuerpo, siempre en movimiento aunque estuviese en reposo, hizo lo inesperado.

Quizás giré con un poco más de fuerza o adopté una postura peculiar sin darme cuenta.

Fue entonces cuando algo a sucedió, la cabeza del fémur, esa pieza clave que encaja perfectamente en la cavidad de la pelvis, se deslizó fuera de su lugar.

Ese desplazamiento sometió a mi articulación a una presión para la que que no fue diseñada. El hueso cedió y aunque en ese momento no sentí nada, posiblemente me acompañó una incapacidad que no fue inmediata, el verdadero alcance de lo sucedido sería evidente más tarde.

Ese instante marcó el inicio de un proceso complicado, uno que involucraría no solo el dolor físico, sino también un sobre esfuerzo mental para afrontar la recuperación. ¿Qué pasó después?

Que la noche, sin saberlo, me regaló una poderosa fisura en mi cadera izquierda, de casi cuatro centímetros, de la que ni siquiera me percaté cuando estaba en mi letargo "after meridian".

De repente, al posar el pie izquierdo sobre el suelo, un sonoro crujido, que parecía más bien el sollozo avergonzado del último soldado en pie, sonó atronador, seco y arenoso al mismo tiempo.

El suelo se convirtió en lava, un dolor indescriptible, una quemazón que recorría rápidamente centímetro a centímetro cada tramo de mi piel, como si fuese el último, desde los dedos del pie, hasta mi abdomen surgió de la nada y con ganas de quedarse.

Namasté, hijo de puta, la artrosis despertó de su largo letargo, arrollando sin miramientos mi vida y mi estado de salud.

Un estado que hasta ese preciso instante creí inquebrantable, toda mi vida tuve una especie de síndrome de Hércules.

En ese preciso instante, aquel ser que solía reconocer frente al espejo, se esfumó, aquel ya no era yo, fue como si todas las partículas de mi cuerpo se hubiesen destruido a la velocidad de la luz, convirtiéndome en una masa de carne imposible de reconocer, un sudor helado, recorría mi frente debido al esfuerzo de aquel primer paso, una mezcla de sal y agua, emponzoñada, que se combinaba con el ardor en mi cabeza y el frío de mi frente al mismo tiempo, llegó la fiebre.

Aquel primer paso fue como cruzar el maldito Rubicón, el suelo quemaba, se deshacían mis pies, mientras mi cadera parecía atrapada y ahogada fuertemente por alambre y cristales rotos que me agujereaban y cortaban célula a célula.

Una guerra fría pero ardiente, que justo empezaba y en la que por el momento tuvo, poca sangre y demasiada miseria.

Miré a mí alrededor, estaba junto a la cama, pero el dolor, las lágrimas y la penumbra no me permitían buscar un salvador, estaba solo en aquella habitación, acompañado del horrible silencio que nadie quiere oír jamás. Mis hijos dormían y no merecían verme así, no merecían despertarse así, aquel ya no era su padre ni su héroe, no podía aparecer frente a ellos como un ser vencido en aquella batalla que justo acababa de empezar y que su primer minuto ya fue demoledor.

Mi cuerpo se agitaba, mí corazón se aceleraba, todo iba mal, nunca en mi vida había gritado tanto, haciendo tan poco ruido, un sonido mudo que no salía de mi boca seca, ni de mis labios agrietados, pero que en mi cabeza, sonaba atronador.

Un sonido estridente, metálico, oxidado y sordo al mismo tiempo, un silencio absurdo y avergonzado que se apoderó de mí y que no me dejaba pensar con claridad, solo había dado un paso y vivido un minuto de aquella guerra, pero el suelo quemaba, ardía agresivamente y deshacía la carne de mis pies.

No había nada de heroico en aquella gesta, solo muerte y desolación, en aquel vasto páramo.

Una guerra sucia y visceral, un campo de batalla con olor a entrañas, pero sin una sola gota de sangre, por el momento.

Un paso, en el suelo que nadie quiere pisar.

Solo había dado un paso, pero el suelo… se convirtió en ardiente lava. Cada paso que intentaba dar, era un acto inútil no conseguía moverme,

solo quemarme en el sitio, ardiendo
y sin poder hacer nada al respecto.

CAPÍTULO II
"Rojo carmesí"

Aquel fue un gran paso para el hombre, pero invisible para el resto de la humanidad. Nunca me había sentido tan solo, tan mudo, aun con mi casa llena de seres vivos.

El sufrimiento que estaba soportando en aquel momento, no saldría en ningún canal de televisión, periódico o radio, era una odisea como la de Ulises, con la diferencia de que la mía, jamás sería recordada, o tal vez sí, con tu ayuda mi querido lector.

Como si de una señal divina se tratase, interpretada por un soldado griego. Una intensa luz anaranjada,

empezó a teñir la habitación, conquistándola, haciéndola suya e iluminando el vacío más absoluto.
Los primeros rayos del sol, aquella señal emitida por el poderoso dios Apolo, imparables, se colaban por los orificios de la persiana.
Era como un faro en alta mar, que debes usar de guía para evitar golpear contra tierra.
Tomé esa seña, emitida por nuestro astro rey cómo lo que era, una señal que me instaba a seguir a delante a ser valiente y hacer lo que en ese preciso instante, más temor me provocaba, pero había llegado el momento de dar un segundo paso, el sol lo ordenaba, la vida me lo exigía.
Lo di, con temor y dejando al azar lo que seguiría a continuación en aquella maldita habitación.
La cadera no soportó y a causa de esa falla mecánica caí al suelo, apareció el sabor del óxido, el sufrimiento fue tan férreo que mis colmillos penetraron sin dificultad

alguna sobre la carne de mis labios, haciéndolos sangrar, de forma exacerbada. Mi boca pálida y sedienta por la temprana hora, por el dolor, por el fragor de la batalla, se manchó de sangre, se tiñó de un intenso color rojo carmesí.

Ahora sí que todo era un campo de batalla real, en un instante todos los ingredientes se mezclaron y al dolor se le unió la sangre y con ella, el sabor del suelo.

Me precipité contra las baldosas de la habitación, sobre mí mismo, con una cadera incapaz de sostener mi peso, ni el propio de la gravedad, mi cuerpo golpeó contra el piso con una furia desmedida e injusta.

Precisamente esa furia, ese golpe, esas mil piedras, que parecían caer, al mismo tiempo, sobre el cemento ardiendo, ese alambre asfixiando y rompiendo cada pedazo de pelvis, esos mil trozos de cristal roto y sucio cortando limpiamente cada centímetro de mi cadera,

descuartizando, trozo a trozo, hicieron que de lo más profundo de mis entrañas, sonase con eco una potente una señal de auxilio.
El silencio de la mañana se vio interrumpido por un grito que pareció parar el tiempo, congelar el clima, aun estando en pleno verano. Ese grito indomable, frío y seco puso en alerta a mi esposa, Maria, haciendo un inciso, su nombre se escribía sin tilde,
ya que así la bautizaron y la inscribieron en el Registro Civil.
Así pues, Maria " sin tilde " apareció veloz en la alcoba en la que yacía mi cuerpo agrietado.
Estupefacta, no pudo gestar palabra alguna, tampoco podía ayudarme demasiado, solo se encontró con un cuerpo roto, en un suelo demasiado árido.
Ulises había desembarcado en Ítaca pero nada había de glorioso en esa travesía de dos pasos, llena de penosidad e indigencia.

Un desolador viaje, cuyos
protagonistas fueron muy distintos
de los que solemos imaginar, aquí y
ahora nada de tropas, armas, navíos
y grandeza.
Un trayecto que terminó de la peor
de las formas, casi sin vida, con los
ropajes gastados por el fragor de la
batalla.
Un solo minuto bastó para ser
incapaz de llenarlo con sesenta
segundos de incansable lucha. Una
agonía desmesurada y totalmente
imparcial, que solo necesitó poco
menos de tres segundos para vencer
a su oponente.
Mi viaje terminó en el suelo de un
callejón angosto, entre la cama y la
pared, oscuro, rodeado de sangre,
óxido, aire metalizado, picor en los
ojos, ahogado en mis propias
lágrimas.
No había grandeza en aquel viaje
que terminé, suplicando y sobre mí
mismo, en aquel improvisado campo
de batalla, donde los primeros rayos

del sol de aquella maldita mañana, atravesaron los agujeros de la persiana, proyectando destellos rojizos preocupantemente misteriosos. Unos haces de luz que parecían flotar en el aire, iluminando partículas de polvo que bailaban en silencio sobre mi cuerpo.

CAPÍTULO III
"El camino a Italia"

Mis hijos seguían durmiendo, mientras mi mujer escuchaba los gimoteos de un soldado herido y abandonado en plena misión, de esas en las que no hay medallas, condecoraciones ni banderas.

El destino de mi cometido no era desembarcar de forma heroica en ninguna playa bajo el fuego de mortero, ni luchar en un coliseo romano por la gloria, solo debía llegar al coche, ese bote salvavidas, que me llevaría a buscar asistencia médica y al fin, a la salvación.

Cada paso hacia la puerta se convirtió en un infierno, un Hades desolador, de dolor, de lágrimas, de sangre ya reseca.

Un dolor ácido y punzante parecía recorrer cada vena de mi cuerpo.

Las arterias al máximo de su capacidad, intentaban albergar la sangre de un corazón acelerado, que bombeaba cada vez más fuerte y cada vez más fatigado.

Los latidos eran como bombas cayendo, golpeando mis costillas, notaba que la piel bailaba sobre ellas, unas costillas que seguían intentando por todos los medios contener su núcleo sanguíneo dentro de mi pecho.

Podía sentir en la lengua, el sabor de las entrañas. Las mías propias, intentando por todos los medios, salir de entre mis dientes, tapé como pude la boca con la mano para mantenerlas dentro de mí, mientras me acercaba a la puerta de salida, arrastrándome hacia mi coche, hacia mi bote salvavidas.

Abrí la puerta y el poderoso sol me deslumbró por unos instantes mientras, con la otra mano, intentaba sujetarme a la pared, barandilla o, a cualquier objeto medianamente estable que fuese capaz de evitar una nueva caída al infierno.

Unos quince metros que parecían kilométricos, me separaban de mi vehículo.

He de reconocer que ese fue mi primer acto de valentía.

Debería haber llamado a una ambulancia, pero ya era demasiado tarde, no iba a tirar por la borda todo el trabajo realizado hasta ese momento.

Mi cuerpo peleaba, yo peleaba y mi cerebro empezó a concebir beta endorfinas para intentar luchar de tú a tú contra el dolor. Pero era una afrenta que sabía que no ganaría, una misión de ida, pero no de vuelta, el sufrimiento tiene siempre más y mejor munición, más efectivos y lo peor, no tiene ninguna compasión, le da igual morir si puede matar, por placer, por satisfacción...; da lo mismo.

Llegué al coche arrastrando los pies, cada paso, una batalla perdida contra el dolor que me atravesaba como una daga. La cadera, frágil y rota por la artrosis, cedía bajo el peso de mi cuerpo, traicionándome con cada movimiento. Un sudor frío recorría mi frente, mezclándose con las lágrimas que caían sin control, en silencio, como testigos de mi rendición. El dolor era insoportable, pero seguía avanzando como podía. Aferrándome a la puerta del coche como si fuera mi única salvación. Cada paso me costó más que el anterior, como si la cadera, cobarde y derrotada, se negara a seguir luchando, agotada por el sufrimiento.

Al intentar acomodarme en el asiento del conductor, ácido otra vez, corroyéndome de nuevo.

No entendía como un acto tan sencillo como el de sentarse, delante del volante, pudiese hacer que me sintiese como si mil ratas me mordisqueasen el hueso de una herida abierta y que no quisieran cesar en su actividad, nutrirse de mi sanguinolenta carne.

Arranqué el motor de mí coche, realicé todo el recorrido entre primera y segunda marcha.

Cada pisada al pedal del embrague era como frotarse contra brasa ardiente, cada pisada del pedal era como si me hubiese convertido en un yunque y un herrero desmesuradamente excitado me golpeara una y otra vez.

Ese cabrón quería moldearme con su martillo de artesano, aprovechándose de mí y de mi cadera fundida y mordisqueada a cientos de grados.

Pasados unos incontables minutos de martilleo constante y dolor insufrible llegué a urgencias.
No recuerdo cómo conseguí llegar, aparcar, ni dirigirme a la puerta, sin que mi alma me abandonase, da lo mismo.
Conseguí mi segunda condecoración, una de esas medallas que tus seres queridos jamás verán, pero que intentaré recordar por siempre.

_¡Si joder! Llegué al hospital.

 Pensé con dolorosa alegría.
Una vez puesta la pulsera del "todo incluido" y con mi historial clínico impreso en ella, sabía que no tendría límite de calmantes, drogas terapéuticas, ni agujas… salivaba del placer, no soy ningún drogadicto y nunca he tomado drogas pero lo ansiaba, lo necesitaba, quería que llegase el momento en el que me inyectaran en la piel algo para darme un viaje cualquiera que

aliviara el dolor, deseaba más que
nada en el mundo, un buen chute
que fuese realmente inhibidor.
Llegué con fiebre, mucha fiebre y me
obsequiaron con un Paracetamol de
bienvenida.
Tanto el profesional de salud como
yo, sabíamos que no haría
ningún efecto, que sería como
intentar frenar un tren bala con un
muro de papel de aluminio y que
tras él, estuviese de rodillas sobre la
vía por la que circulaba aquel tren y
que no pensase frenar el paso.
Sentado, de cualquier forma que me
pareciese más o menos compatible
con la vida, en una "silla camilla" de
esas que ponen en los pasillos de
urgencias hoy en día, esperaba
ansioso a que llegase alguien, con mi
dosis, mi género, llevaba treinta
minutos con un puto Paracetamol
que no sirvió de nada.
De repente escuché...
_Buongiorno! Dijo una enfermera.

No recuerdo su nombre, solo que
estaba de prácticas y que era de
Bérgamo.
Sí recuero que tenía a su pareja
Luca, que vino a vivir con ella y que
estaban tirando de los ahorros
acumulados en Italia, para poder
venir a terminar las prácticas y
buscar empleo cerca de Barcelona.
Lo que era realmente una odisea.
Una jodida estudiante de
intercambio, que parecía saber más
bien poco de lo que hacía, procedió a
ponerme una vía.
Los nervios y el dolor me hicieron
pensar así y me arrepiento, todos
hemos pasado por procesos
similares a los de esa estudiante y
todos hemos fallado para poder
aprender.
Como buena aprendiz, clavó la
afilada aguja en una de mis venas y
como buena aprendiz, clavó la vía
sin cerrar la válvula, que administra
la tan ansiada droga.

Un chorro de sangre oscura y oxidada, tiñó todo el lugar, eso se había convertido en una maldita película de terror, mientras "Bérgamo", nombre con la que bautizaría a la enfermera, intentaba controlar una situación que apareció de forma improvisada y a la que no estaba acostumbrada, una situación en la que te puedes encontrar de repente y que se debería contemplar en los estudios.

La sangre es resbaladiza y Bérgamo lo descubrió ese día, con sus pies sobre el espeso líquido, patinó y de rodillas en el suelo, manchada por el plasma insaciable que salía por la vía, intentaba sobreponerse y levantarse, lo siento por ella, pero esa violación sanguinolenta

y violenta, me llenó de una venganza placentera, que hizo que me olvidase del dolor, aunque no más de un instante.

Ya recompuesta y bañada en mi fluido, se acomodó el cabello, me

miró a los ojos y después de haber
compartido ese instante, ese acto
casi sexual, Bérgamo marchó sin
más, sin disculpa, era como si mi
piel se hubiese transmutado en la de
Jack el Destripador y ella huyese de
mí, en una mezcla de miedo y
vergüenza, no sin antes inyectarme
la fórmula perfecta.
Una mezcla química de opiáceos y
antiinflamatorios.
Ella y yo terminamos al mismo
tiempo y después de aquel aquelarre
de obscenidad.
Se marchó sin mediar palabra ni
cruzar mirada, me abandonó
después de esa intensa relación.
Jamás volví a ver a Bérgamo.

Después de un buen rato, cuando
vino la traumatóloga de urgencias,
para valorarme, ver los resultados
de la radiografía que me hicieron y
después de preguntarle que me
había pasado, ella me explicó:

_Una fractura de pelvis debido a una luxación de la cabeza del fémur puede ocurrir en cualquier momento aunque no haya un golpe o caída, incluso en situaciones sin impacto externo..

Por ejemplo, mientras dormías, podrías haberte girado en un ángulo extremo o haber colocado la pierna en una posición desfavorable y si ya existía algún factor predisponente, como una debilidad ósea (por osteoporosis, traumatismos previos o alguna enfermedad articular), este movimiento pudo haber causado que la cabeza del fémur se desplazase de su lugar en la cavidad acetabular.

El resultado sería una luxación súbita que, al ejercer una fuerza anormal sobre los huesos pélvicos, te ha provocado una fractura parcial. Por eso tienes este dolor y casi no puedes moverte también puede haber afectado vasos sanguíneos o nervios cercanos. Pero ya haremos más pruebas. Me dio unas recetas

junto al alta, mi seguimiento a partir
de entonces, lo haría mi doctora de
cabecera.

CAPÍTULO IV
"Truco o trato"

El trayecto de vuelta fue un borrón, un vacío en mi mente. No recuerdo haber puesto las manos en el volante, ni sentir el tacto del asiento bajo mi cuerpo. Solo el zumbido del motor de fondo, monótono y distante, como si perteneciera a otro mundo. Las calles pasaban a mi alrededor, pero no las veía, estaba envuelto en una bruma espesa de pensamientos dispersos. El paisaje se desvanecía en fragmentos, entrecortado, mientras las luces parpadeaban sin sentido. Sin saber cómo, me encontré frente a mí casa, con las llaves aún en el contacto, pero sin memoria del camino recorrido, como si el coche hubiera sido guiado por una fuerza ajena, mientras yo permanecía ausente, atrapado en un limbo amnésico. Abrí la puerta del coche con movimientos torpes, casi automáticos, como si mi cuerpo operara por instinto y mi mente siguiese atrapada en una niebla densa. Los pasos hacia mi casa eran lentos y vacilantes, cada uno más pesado que el anterior. El mundo a mi alrededor parecía distante, borroso, como si no fuera real. Atravesé el umbral de la puerta sin recordar haberlo hecho, mis manos rozando las paredes para guiarme, en busca de algo sólido que me sostuviera. Finalmente, llegué a mí cuarto, me dejé caer sobre la cama, el colchón tomándome con un abrazo silencioso. Mi cuerpo se hundió en las sábanas, incapaz de moverse más, como si por fin hubiera encontrado el refugio que tanto buscaba. Me quedé ahí, sin pensamientos claros, solo el peso abrumador de la fatiga y el dolor apagado en el fondo, rendido a la oscuridad y me dormí.

Lo primero que recuerdo cuando abrí los ojos, fue el color blanco del techo de la habitación de matrimonio donde yacía.

Un profundo blanco que parecía no tener fin. Nunca me había puesto a pensarlo antes, pero me recordaba al espacio, pero con colores invertidos, un cosmos totalmente blanco e infinito.

Supongo que la mágica pócima que me inyectaron en el hospital, hizo el efecto esperado. Aunque hubiese preferido no volver a casa acompañado de un viaje tan amnésico, peligrosa compañía cuando uno va al volante.

Solo mi brazo, con la piel oscurecida por la sangre bajo la dermis y la herida producida por la vía que me insertaron, me devolvieron el sabor

del recuerdo de mi corta pero
intensa relación con Bérgamo.
De pronto llegó Maria, mi mujer.
Bueno mi prometida, íbamos a
casarnos en diciembre de ese mismo
año. Pero después de muchos años
juntos y dos hijos perfectos aunque
muy traviesos, para mí ya era mi
mujer, mi compañera, mi esposa.
Me fijé y en su mano izquierda,
sostenía una bolsa de papel, de la
farmacia local del pequeño pueblo
en el que vivimos.
Mi mirada se convirtió en la de mis
hijos la mañana de navidad, con esas
ganas incontrolables de abrir los
regalos y descubrir su interior.
Por cierto, ese día después de todo
lo ocurrido, fueron a pasar el día a
casa de sus abuelos.
Quim, el mayor, y Nil vivían ajenos a
mí violenta lucha y así debía seguir
siendo, al menos por el momento,
eran demasiado pequeños para
entender porque su ya, inútil padre,
era incapaz de sostenerlos en brazos

imaginando ser aviones de papel como lo hizo hasta hacía poco, ese sentimiento, una pena que parecía inundarlo todo, era peor y más destructiva que cualquier dolor.
Los echaba mucho de menos, pero también añoraba un buen chute que intentase paliar, en parte, aquel dolor incomprensible e inmerecido, necesitaba algún estupefaciente farmacológico que volviese a convertirme en aquel que solía ser. Quería drogas y las quería ya, no era adicción, realmente las necesitaba.
Supongo que, sentir un dolor perpetuo y horrendo y que gracias a ciertas sustancias, se desvaneciera, crea una cierta dependencia.
Así pues como si de un niño se tratase, rebuscando en su bolsa de caramelos conseguidos en Halloween, hurgué desesperado en busca de mi premio, de mi golosina repleta de química y placer.

_ ¡¡¡TRUCO o TRATO!!! Me repetía a mí mismo.

Quería el premio gordo y lo quería ya.
Maria entendió mi necesidad y me dejó a solas, con mi bolsita de papel, estaba apunto de empezar mi merecida fiesta.
De mi mágica bolsa de caramelos saqué, tres cajas, unos antiinflamatorios de los que no recuerdo su nombre y que no
me hacían especial ilusión y por fin un poco de diversión, las dos últimas cajas contenían el dulce que quieren todos los niños la noche del treinta y uno de Octubre, opiáceos y parches de fentanilo.
Se me abrieron los ojos de par en par, ya tenía mis golosinas, mi billete de entrada al mágico y brillante mundo de "Wonderland".
Ya tenía las herramientas que marcaban el camino y los recursos necesarios para pelear como un

hombre, contra mi sistema nervioso central.
Fue la primera vez que sonreí, fue la primera vez que miré a los ojos de mi querida artrosis y enloquecido por la euforia, por el dolor sufrido las horas
anteriores, pensando que pronto les daría caza, de forma veloz me suministré las medicinas.
Tenía un mono insaciable, tenía mono de encontrarme mejor y que aquel infierno fuese menos ardiente y más amable.
Pero subestimé pronto, el poder destructivo de mi artrosis y lo rápido que pueden llegar a ser las drogas.
Pasados unos instantes y con las pupilas ya dilatadas por la mezcla de fentanilo y opio que recorría mis venas y que podía sentirlas dentro, una sensación de valentía, recorrió mi espalda, intenté levantarme.
Dentro de mi cabeza vislumbré e imaginé que sería un acto heroico y épico, iba a emular al

mismísimo presidente Roosvelt, o
eso creía, me iba a alzar y diría
aquello de...;

No digáis que no se puede hacer.
Nada es imposible.
Pero cuando estaba empezando
vislumbrar, a tocar la cumbre, de
clavar la bandera y alzarme sobre
aquella épica montaña
impracticable de metro ochenta, de
por fin, poder ponerme en pie. Sentí
como algo me empujó contra la
cama, fue cómo caer de un
precipicio, sin cuerdas o salientes a
los que agarrarme, pasé de ser
Roosvelt a emular a la pobre Judy
Garland siendo abusada por los
viciosos enanos del mago de Oz,
tirada e indefensa en aquella cama.
Me convertí en la dulce e indefensa
Dorothy Gale forzada entre
bastidores, sufriendo las acometidas
de los "Munchkins", mientras
el hombre de hojalata interpretaba
un "voyeaur", manoseándose.

Cuando intentaba zafarme de
aquello, algo me empujó de nuevo,
cayendo sobre la misma cama y que
no me dejaba mover, ni levantarme,
hasta el maldito león del mundo de
Oz, que ya no tenía nada de cobarde,
también se animó a participar de mi
inocente dulzura.
Aquel atajo de chulos, putas y
tahúres infestó mi habitación.
Era una fiesta, pero no como la
imaginé ni cómo quería que fuese,
yo era el plato fuerte de la velada, no
había tregua ni trato, solo los trucos
de aquellos malditos truhanes.
Me convertí en una muñeca de
trapo, incapaz de ponerse en pie.

CAPÍTULO V
"Enola Gay"

Desperté al cabo de unos instantes o eso creía... el reloj de cuco que tenía en la habitación, imparable y totalmente apático a lo sucedido, me mostraba como un puñetazo en la cara, que habían pasado horas desde el insaciable festín del que disfruté y se homenajearon, los personajes del Mago de Oz.

Creía recordar, que entre mis piernas pasaron unos tras otros y que después de su fiesta intentaron ahogarme contra la almohada.

Para mí, todo fue muy claro, producto de mi imaginación, invadida por psicotrópicos con receta, o quizás no, quizás estuvieran allí conmigo, creo que me estaba volviendo loco.

Allí estaba, tumbado entre sábanas, con el blanco infinito que adornaban todas las paredes de la habitación. Solo la agradable luz anaranjada del atardecer, el aroma a lavanda que entraba por la ventana que mentalmente era sanador y el reloj de cuco, me ayudaban a entender en qué momento del día estaba y me ayudaban a olvidar lo ocurrido.

Al cabo de un buen rato, de pronto y sin previo aviso, el sabor a corcho seco se apoderó de todo mi gaznate. Por primera vez en veinticuatro horas tenía sed y eso era malo.

La distancia que me separaba de la fuente de agua más cercana, era casi insalvable,

"alea iacta est".

Me iba a embarcar en un viaje traicionero en busca de agua.

La vida parecía demasiado dura para tan pequeño mamífero, no era una enorme distancia, pero esos ocho metros de grietas en el suelo, que me separaban de la cocina, me parecían exacerbados.

Me reincorporé en la cama con extremada precaución, giré, apoyé un pie y luego el otro sobre el suelo. Con ayuda de un bastón azul que se convirtió en mi binomio desde aquel día y que nunca supe cómo llegó allí, pude levantarme.

Metro a metro, paso a paso, ocho de ida y ocho pasos de vuelta en total, debía al menos intentarlo, la sed era tan acusada que valía la pena jugarse la vida por unas gotas de agua que llevarse a la boca.

Cada paso era tormentoso, tornillos clavándose en mis huesos, perforar, perforar y perforar en vida, sin anestesia, todo ese sufrimiento era necesario.

A mitad de camino, me detuve un momento, apoyando una mano

temblorosa a la pared, tratando de estabilizarme, mientras el dolor quemaba cada fibra de mi cuerpo. Mis pasos lentos y arrastrados, resonaban en una casa demasiado silenciosa. Cada metro una victoria. Pero al fin, llegué a la cocina, el grifo parecía lejano, pero lo alcancé con las manos, aferrándome a la encimera como última fuente de apoyo. Al abrir el grifo, el sonido del agua fluyendo de forma corriente y fresca fue un alivio temporal, pero incapaz de luchar contra el dolor..
Era increíble que un acto tan sencillo para mí, fuese una victoria. Sentía que había encontrado una brillante fuente en medio del vacío y ardiente desierto.
Un maldito oasis en medio de casa. Aquel trayecto me hizo recapacitar en los viajes que deben hacer, en busca de agua, las mujeres de algunas tribus de Guinea Bissau.
Que valientes.

Pegué unos buenos y merecidos tragos antes de recorrer el camino de vuelta a casa, el regreso a mí cama.

Solo allí me sentía medianamente bien, aunque acompañado de un dolor que me atormentaba, pegajosa y desagradable compañía.

En esta vida a lo único que hay que tener miedo, es al propio miedo, y lo único que me daba pánico era el propio dolor, ese que sentía de forma constante, estaba harto de vivir en ese hábitat y de ser incapaz de salir de él, como atrapado en una espesa jungla donde el peligro acecha en cada rincón.

Pero incluso en tierra seca, en una jungla como aquella, donde parece que no puede ni debe pasar nada peor, suceden los desastres.

Una vez llegué a mí meta, acomodé mi bastón en la pared y como pude me tiré sobre la cama, con la boca y la garganta saciada.

De pronto una rápida espiral de dolor seco intenso y vacío, se instaló en mi maltrecha cadera.

El 6 de agosto de 1945, durante los últimos compases de la Segunda Guerra Mundial, el Enola Gay se convirtió en el primer avión en lanzar una bomba atómica, la Little Boy, que cayó sobre la ciudad japonesa de Hiroshima y la arrasó casi por completo, dejando tras de sí cerca de setenta mil cadáveres y decenas de miles más a consecuencia de la radiación.

Mi cadera se convirtió en esa ciudad nipona.

Sin previo aviso, de forma cobarde y por la espalda, un quemazón, un dolor indescriptible empezó a surgir casi de la nada, con alevosía y extremada cobardía.

Ahogado en mi propio oxígeno, intentaba dar bocanadas de aire pero sin poder oxigenar mis pulmones. El dolor era tan punzante que me ahogaba aún lleno de aire fresco.

Era como estar bajo el agua, pero en tierra firme.

Como pude, dirigí la mirada de nuevo a mi cadera y su deformada anatomía, la miraba atónito, con el pánico apoderado de mis ojos, viviendo la situación que nadie espera vivir jamás.

Ese "B-29 Superfortress" de 1945 se había estrellado sobre mi lado izquierdo cargado por completo con el veneno radioactivo a bordo.

No quería ni mirar, no me atrevía casi ni a mirar, no podía llenar mis pulmones de aire.

Era una sensación horrible, como si me hubiese encontrado un árbol ennegrecido por algún fuego antiguo que hubiese quedado del color del carbón y que de él, colgase un cuerpo, un ahorcado. Yo...

En aquel instante no quería morir, pero tampoco anhelaba vivir.

Una mezcla de sentimientos
enfrentados y que me hacían
recordar, mi insaciable necesidad de
sentir los efectos de los
estupefacientes.
Otra vez.
Dulces pesadillas, horrible lucidez.

CAPÍTULO VI

"Caballos a vapor"

Aguanté la respiración para poder retorcerme y poder descubrir de forma más consciente, la deformidad que había adquirido en mi cadera. Su forma, me recordaba a la del reactor número cuatro de Chernobyl la noche del 26 de abril de 1986, a punto de fusionarse su núcleo, apunto de estallar, en aquel rincón de Ucrania. Todo apuntaba a que era hora de embarcarse en un nuevo viaje psicótico.

Todo apuntaba a que debía abrir el cajón de las delicias, otra vez

y rebuscar, solo con ayuda del tacto, los opioides y el fentanilo.
Cada segundo que pasaba era una muerte horrenda y dolorosa, debía buscarlos y debía encontrarlos rápido.
Solo con la ayuda de mis manos, ya que mover un solo centímetro de mi tren inferior, maltrecho sobre la cama, se convertiría en kilómetros de sufrimiento en un desierto ardiente y sin provisiones.
Al fin y sin dudarlo, cuando las toqué, agarré las dos cajas de mis deliciosas y necesarias drogas.
Mi frente ya se humedecía gota a gota de un sudor frío, causado por la adicción o la fiebre... daba lo mismo.
Así pues, tragué el opio, enganché el parche del dulce fentanilo sobre mi resbaladiza piel.
Pronto y de nuevo, pupilas dilatadas.
Las drogas, como caballos a vapor, ya navegaban por las venas, surcando a toda vela usando la sangre como si de un mar se tratase.

Sentía que mi cuerpo ondeaba sobre
las olas.
Unas olas que morían en una bahía,
pero que en vez de llevarme a la
orilla de una paradisíaca playa, me
arrastraban con su corriente hacia
un profundo e inmenso océano azul
oscuro, muy oscuro.

¡¡¡BUEN VIENTO Y BUENA MAR!!!

Mi cama convertida en barca, me
llevó hacia lo que parecía el centro
de un océano, una especie de punto
Nemo, sin tierra a la vista.
De pronto y al cabo de unos
instantes de haber zarpado, las olas
eran cada vez más fuertes y altas.
Solo acompañado por un candil que
bailaba a son de ese oleaje,
alimentado por aceite, como podía
y con mi gorra, de capitán, navegaba
sobre ese mar.
El agua salada de aquel océano cada
vez golpeaba más fuerte el casco de
mi pequeña embarcación, debía

resistir agarrado a mí timón para no caer por la borda.

¡¡Ola por la amura de babor!!!

Ese gran oleaje me anunciaba que había llegado la tormenta.
Las gotas empezaron a suceder, los relámpagos iluminaban por décimas de segundo aquel solitario mar y seguido a aquella fugaz luz, el sonido del trueno.
Nunca los había sentido de forma tan clara, nunca los había escuchado desde tan cerca.
Millones de gotas caían, una tras otra, inundándolo todo, dejándome empapado y sin la compañía de la luz del candil, asesinado por la lluvia, mientras y como podía, intentaba defenderme de aquella interminable tormenta con la ayuda de mi pequeño timón.
De pronto el agua que había alrededor y bajo mi embarcación empezó a burbujear y tras esa

efervescencia apareció una ballena, era enorme, no parecía tener menos de quince metros, por un momento pensé que venía a reírse de mí, a hacer más complicado ese trayecto oceánico, a ser única espectadora de mi fallecimiento.
Pero Oiken, nombre con el que la apodé, me pareció extrañamente amigable. Parecía luchar surcando junto a mi nave, combatiendo contra la mala mar y esa agresiva tormenta. Debía aprovecharme de aquella improvisada compañía, al menos ya no estaba solo en aquel inmenso vacío oceánico.
Luchamos hombro a hombro, enfrentándonos a la furia desatada del mar, ensordecidos por el rugido de las olas, que parecían querer arrastrarnos al abismo. Oiken la ballena, se asemejaba a mí, en el sentido de pelear contra el mar, la tormenta era tan poderosa, el oleaje tan destructivo que no parecía el hábitat natural para una ballena

como aquella y evidentemente, tampoco el mío.

Nuestros cuerpos se tensaban con cada embate, músculos ardiendo por mantener el equilibrio en medio del caos.

Dirigí la mirada a Oiken, con su postura firme, su nado y su mirada concentrada, me daba fuerzas para seguir. Podía sentir la lucha, su cuerpo y el mío, resistiendo cada golpe de marea, retroceder no era una opción y ambos lo sabíamos.

El agua nos tiraba, nos empujaba una y otra vez, con una rabia desmedida, una lucha titánica contra la corriente, nos movíamos como un solo ser, sincronizados por la necesidad de sobrevivir, luchando por una naturaleza que no quería ceder.

Mi improvisado amigo y yo surcamos sobre el agua salina durante mucho rato, no era consciente de cuánto, pero las gotas, la lucha contra el oleaje y los truenos me parecieron un reloj detenido en el tiempo, cada trueno precedido por el rayo segundo tras segundo, gota a gota. Luchamos contra viento y marea, arrecifes que destrozaban cascos y la querida piel Oiken.

De vez en cuando expulsaba aire y gotas por su espiráculo, como para intentar devolver al cielo, gotas que caían desde espesas nubes sin resistencia alguna y así compensar ese clima tan salvaje.

Navegamos juntos durante largo rato, persiguiendo un horizonte que parecía no acercarse, cada vez más lejos de él, cada vez, más imposible, era como si nos alejásemos cada vez que nos acercábamos, como un bucle absurdo y sin sentido, hasta que de pronto:

Oiken, mi querida ballena, se quedó quieta un instante, flotando en la superficie del agua como si el tiempo no existiera. Sus ojos, oscuros y profundos, me miraron por última vez, llenos de una sabiduría silenciosa que parecía decir lo que las palabras son incapaces de explicar.

Con un movimiento lento y majestuoso, Oiken empezó a descender. Su masivo cuerpo, que durante tanto tiempo había sido mi fortaleza, se sumergía con una elegancia que contrastaba con su imponente tamaño.

El agua se cerró sobre el, tragándose su silueta poco a poco, silenciosa despedida, vacío inmediato.

_Hasta siempre Oiken.

Al cabo de lo que parecieron unas interminables horas, ya solo y sin la compañía de mi ballena favorita, aquella poderosa borrasca empezó a amainar y sobre aquellas nubes ya debilitadas, empezaron a surgir pequeños luceros sobre aquel cielo nocturno, sobre aquel oscuro techo, parecía como si las gotas se

hubiesen detenido, ya no caían, se
suspendían en el aire.
Tarde unos instantes en percatarme
que no eran gotas, si no el cosmos
con sus constelaciones, sobre el
cielo abierto.
Ya no había nubes.
Guiándome por las estrellas, por mi
contraída experiencia que había
adquirido aquellas horas, junto a
Oiken y como capitán de navío,
empecé a navegar persiguiendo la
osa mayor.
Con la manga de mi "Pea Coat"
sequé la humedad de mi frente,
producida por la lluvia y de su
bolsillo, agarré un astrolabio para
guiarme.
Con el oleaje cada vez más tranquilo,
mi embarcación ondeaba de forma
agradable y casi sedante, mientras
mi obstinada perseverancia, parecía
casi obsesionado por perseguir la luz
más brillante del carro mayor.
Una vez reconstituido del
agotamiento de aquella tormenta,

navegaba sobre el mar acariciando las olas, la brisa secaba mi frente y mis ropajes de marinero.

Con la mayor izada por completo, mi embarcación parecía perder el contacto con el agua del mar.

Cada vez más rápido, mi pequeño navío, hizo lo imposible, o quizás no, un poderoso golpe de viento a favor parecía hacer levitar mi embarcación.

Con ese afán de perseguir aquella estrella, alzó el vuelo, miré por la borda, estaba a cinco, diez, quince metros sobrevolando el mar, cada vez más alto.

La osa mayor empezó a crecer o quizás me estaba acercando por momentos.

Parecía imposible que estuviese ocurriendo aquello, casi sentía que era posible tocarla con las manos.

Así que seguí en mi valiente expedición hacia el infinito del cosmos.

Cada vez mayor, cada vez más osa, estaba acercándome muchísimo, era enorme.

Estaba tan cerca, que todo mi rango de visión estaba casi cegado por ese blanco puro, casi divino. Todo era cándido. Parecía casi como si de un poderoso amanecer se tratase.

Y de pronto cuando estaba acariciándola con la yema de mis dedos, todo se convirtió como el techo y las paredes de la habitación, deslumbrante, donde me recuperaba de mi jodida cadera y donde el reloj de cuco, empezó a repiquetear anunciando la llegada de un nuevo día.

La tormenta cesó, el oleaje se convirtió en sabanas y mi embarcación en cama.

Volvía a estar en buen puerto, cansado y asustado, pero en puerto al fin, el reloj de cuco ya dejó de sonar, todo volvió a la misma normalidad de siempre, de forma extraña, añoraba a Oiken.

Al cabo de un rato de que mi cama
ya no ondease al compás de la
marea, intenté dar sentido a lo
ocurrido.
No entendía del todo la situación
que acababa de vivir. Esa estrella,
esa ballena, ese candil que se movía
al son de mi embarcación, empapado
en lluvia, esa aventura épica.
Por mucho que intentase esforzarme
no encontraba el sentido a lo vivido,
como siempre, la culpa, la
medicación, pero...
¿Hasta qué punto?
Cada situación vivida, cada lucha,
cada gota de sangre derramada,
cada vez me parecía más real que la
anterior.

CAPÍTULO VII
"Un ángel bajo la lluvia"

No entendía que acababa de ocurrir, mi cama de pronto volvía a estar atracada al suelo de mi habitación, a ese puerto del que no parecía haberse movido.

Mi odisea por el océano se mostró, como si solo hubiese sido un sueño, demasiado real para ser ficción, demasiado fantástico para ser real.

Lo vivido parecía fruto de la ingesta de los medicamentos, pero como digo, lo sentí, lo viví, cada instante como si fuese realmente auténtico, con mi frente humedecida todavía. Cada vez que ingería una de esas pequeñas y relucientes píldoras o me adhería a la piel el fentanilo, algo ocurría en mi cabeza.

Empecé a cogerles miedo y a la vez adicción.

No era normal lo que me ocurría, cuando las drogas empezaban a hacer efecto y me aterrorizaba, pero a su vez, deseaba con anhelo ver lo que había tras la puerta del arco iris al que me hacían viajar.

En todo caso, aquellas sedantes y alucinógenas sustancias hacían que me evadiera del dolor, lo que parecían ser unas horas al día, y aunque me embarcase en innumerables peligros y aventuras, eran necesarias.

Valía la pena arriesgarse.

No podía seguir sumergido en darle vueltas a aquello, ya era casi mediodía.

Al no poder apenas sostenerme en pie, hacía días que no podía darme una merecida ducha, ni afeitarme y esa tarde vendría a visitarme mi doctora.

Nuestro pequeño consultorio estaba cerca de casa, a no más de cinco minutos de paseo, pero si ir a por agua, dentro de mi vivienda, era una odisea obscena y entendiendo mi obligado reposo, la doctora me visitaba en casa frecuentemente para ver mi estado y evolución.
Era de agradecer.
Así pues, con ayuda de mi bastón, pude ponerme en pie.
Torpe y extremadamente encorvado conseguí llegar al baño, una mano sujeta al bastón, la otra a la pared.
Aún con ayuda de la muleta y las paredes, mi movimiento era muy ortopédico y doloroso.
Sentarse era doloroso y levantar la pierna para entrar dentro de la blanca y reluciente bañera lo era aún más...
Por suerte algún alma, algún fantasma, con extremo sigilo, había instalado, una barandilla de aquellas de sujeción. Las usé sin dudarlo y

me ayudaron a completar mi cometido.

"Gracias".

Así pues después de varios días atrapado en la incomodidad y el dolor, me permití el lujo de darme una ducha.

Dentro de la bañera y con extrema precaución, había cruzado el punto de no retorno, abrí el grifo, el sonido del agua cayendo llenó el baño y cuando la primera gota tibia tocó mi piel, un suspiro de alivio me recorrió por completo. Agua cálida y reconfortante, que se deslizaba sobre mi cuerpo, llevándose consigo parte del dolor.

Poder asearme, aún con dolor, hizo más de lo que cualquiera pueda imaginar, no entendía como ese simple acto, me inundase de ganas de vivir.

Con las mejillas sonrojadas por el agua caliente, entendí aquello de que cada gota de agua es vida.

No la malgastes jamás, lector.
Cuando finalmente cerré el grifo, el aire fresco del baño contrastó con la calidez que aún mantenía mi cuerpo. Alcancé mi toalla, suave y esponjosa al tacto y la pasé con cuidado sobre mi. Su textura, tan acogedora, se podía sentir como caricias delicadas, secando el agua, pero dejando una sensación de alivio, dejando que su confort, me envolviera completamente, como si la toalla me abrazara tras días de tormenta. Después de aquello, regresé a mi alcoba.
Ese acto fue tan placentero, que la naturaleza quiso contagiarse, mirando por la ventana, vi que empezó a llover con fuerza.
Parecía una de aquellas tormentas de final de verano, que empapan y refrescan todo el ambiente, aunque muy ruidosas y de violento viento.
Los siguientes minutos pasaron con normalidad, mientras los árboles se balanceaban con fuerza por el viento

y la lluvia dejaba todo húmedo a su paso, encendí el televisor que tenía en el cuarto, para distraerme un rato, aunque cómo de costumbre, el canal de noticias no era demasiado esperanzador, hablaban de la típica tensión entre países con capacidad nuclear. Mientras tanto esperaba la visita de la doctora, que ya no tardaría en llegar.

Escuché que alguien picó la puerta de casa y acto seguido el sonido de la puerta de entrada, se estaba abriendo y desde la habitación escuche el murmullo de dos personas saludándose y la imponente lluvia tras la entrada.

La puerta emitía sonido peculiar, que me avisaba de cada llegada aunque no oyese el timbre, ya que chirriaba un poco cuando alguien la abría, cuantas veces me dije a mi mismo que la debía engrasar, no debo dejar nada nunca para más tarde, quizás mañana sea imposible hacerlo.

…Memoricé en ese momento.

Unos segundos después, apareció un ángel en mi cuarto, con una bata blanca, levemente humedecida por la lluvia, realmente resplandeciente, era mi doctora con el típico estetoscopio colgado tras el cuello . Después del coloquio inicial que mantuvimos para que la doctora se pudiese al día sobre mis molestias, procedió a inyectar sobre mi dolorida
cadera cortisona y recordarme con esperanza que pronto me operarían. Nos conocíamos bien, nuestra doctora cuidaba de la salud de los míos también.
Entiendo que por eso la visita fue tan fugaz, posiblemente le sorprendiese y afectase verme en ese estado y más conociendo mi historial médico. Vacío durante toda una vida y lleno de dolencias y abusos en solo una noche.

Me dijo que tardaría un par de días
en hacer efecto y que me mantuviese
lo máximo posible en reposo, yo
pensé que no tendría
problemas, pues apenas podía andar.
No caí en aquel instante en
comentarle los viajes a los que me
sumergía cada vez que tomaba mi
medicación, no le di importancia.

CAPÍTULO VIII
"Oscuro e infinito"

Ya hacía un rato que la doctora cerró la puerta de casa al salir. Yo me quedé como de costumbre tumbado en la cama. Era difícil intentar pasar el tiempo en este estado, un poco la televisión, tal vez el periódico del día, o incluso escribir un diario novelístico, por si alguien en mi misma situación, o tal vez por el placer de leer, quiere adentrarse en esta loca historia que estoy viviendo. En todo caso, mi mayor pasatiempo era mirar por la ventana y eso es justo lo que estaba haciendo en ese preciso instante.

El sol tras las nubes, se ponía con extraña lentitud, parecía que ese día no quería irse a dormir, o tal vez, esa era la sensación que me daba, ya que seguía oculto tras la fuerte tormenta.

El cielo, muy nuboso, estaba del típico color gris anaranjado de las típicas lluvias de verano. Aunque no duró demasiado esa bonita estampa, parecía que alguien con mucho talento hubiese dibujado, con acuarela y sobre un lienzo, un precioso cielo tormentoso.

Mi mujer, siempre atenta, me trajo algo para cenar, en la típica bandeja que se posa sobre la cama para llevar el desayuno y unas flores a tu ser amado, o para que un desgraciado enfermo de artrosis pudiese llenar su desganada barriga con algo de alimento.

Los días anteriores no pude ingerir absolutamente nada, solo bebía agua y la verdad es que me hizo perder algún kilo que había adquirido de más.

Después de cenar, poco, tocaba recoger los pasajes del vuelo y cruzar el cordón de seguridad de nuevo, abrí el cajón medicamentoso, estaba seguro de que me iba a embarcar en una nueva aventura alucinógena pero por desgracia, nada bueno estaba apunto de suceder.

Ya he contado el tamaño que adquirían mis pupilas, pero ni así, era incapaz de que mis ojos se acostumbraran a la oscuridad.

¿Como se acostumbra un ojo al miedo...? Me preguntaba.

Ya era noche cerrada, cuando de pronto intenté encender la lámpara del escritorio que tenía a mi lado para no sumirme en la más absoluta sombra.

No encontré la mesita, tampoco el cajón, mi mano se topó con lo que parecía una pared, cerca, muy cerca,

apenas diez centímetros me separaban de esa barrera imposible. Me giré y me topé con el gemelo malvado del muro que un instante antes palpé con la mano justo en el otro lado.
Estaba envuelto en oscuridad, sofocado. El aire que empezó a hacerse más denso, apenas pasaba por mis labios, cada aliento era mas corto que el anterior.

¿¿¿QUE COÑO ESTA PASANDO???

Al intentar incorporarme un chascarrillo en las caderas seguido de un golpe en la frente, de esos que te marca que el camino es incorrecto, de nuevo otra malévola pared, esta vez, un techo sobre mi, igual a diez centímetros.
No entendía absolutamente nada, estaba dentro de lo que parecía una maldita caja y por el tacto, no eran buenas noticias.

Mi cabeza, rápidamente se puso en la peor de las situaciones, quizás había sufrido una catalepsia y me habían enterrado vivo, no recordaba cómo había llegado a semejante situación.

Mierda, mierda, piensa, piensa rápido, joder, me decía a mí mismo... buscaba una forma inútil de librarme de aquella puta ratonera sin salida, sin el puto queso de premio por haber resuelto el laberinto.

Quizás estaba muerto, o peor aún, quizás seguía vivo.

Si, lo seguía, seguía malditamente vivo y eso era peor que cualquier jodida cosa que me hubiese pasado con anterioridad.

Extrañamente, apareció en mi mano, el móvil con el que estoy escribiendo ahora mismo, enterrado en vida, no tenía ni siquiera cobertura, aparecía el típico logo de una "X" acompañado de un "sin señal".

El terror que sufre la gente por no poder enviar un mensaje a tiempo y para mí significa que me acerco lentamente a una lamentable, agónica y muda muerte porque por mucho que chillase nadie parecía oírme.

El peso de la tierra, sobre mi, se hacía más opresivo con cada segundo. Podía sentir presión en el pecho, impidiendo que el aire entrara por completo, me ahogaba. Así que, por eso escribo estas líneas de marcha, por si algún día os da por desenterrarme junto a mi desgraciado móvil, que sepáis que.

¡¡¡ME ENTERRASTEIS VIVO, CABRONES!!!

Sollozaba… mientras poco a poco, el CO2 empezó a viciar el ambiente así que me resigne a tener una muerte dulce, sin agonías, ya casi que la esperaba, la amaba como el ser querido al que esperas en el aeropuerto junto a la puerta de las llegadas, o para saber girarme sin nadie que me despidiese tras las de salida.

Todo era tan oscuro, era bonito, como si alguien perdiese la mirada al horizonte y el mundo acabase a un palmo de distancia, era mirar algo cercano y al infinito al mismo tiempo.

Cerré los ojos para intentar viajar a otra época, otro momento de mi vida.

Pero el esfuerzo fue en vano, pues el ser humano, aún viajando en el tiempo, solo puede hacerlo a una velocidad constante e inamovible de un segundo por segundo.

Cuando la carpa ya casi me había abrazado y ya estaba dispuesto a dejarme seducir por su fría y áspera piel... apareció la luz, otra vez de nuevo, la persiana de mi cuarto se abrió de forma repentina, dando fin a lo que Dios sabe, que me hubiese ocurrido, un mal sueño u otra vez una experiencia extra corpórea producida por mis amados alucinógenos.

En todo caso, ni sabiendo cómo, un nuevo día ha nacido, igual que yo. Fue todo causado por mis traicioneras medicinas o tal vez no... Lo importante en aquel instante es que podía volver a respirar con aparente normalidad, pero todo me pareció o lo viví con extremada realidad.

CAPÍTULO IX
"Cosechas de paz"

Las horas dieron paso a los días, y los días a las semanas, es algo que todos sabemos y que usamos como viaje temporal cuando, entre medias, no tenemos nada mejor que explicar que el silencio. Mirando por la ventana, la estampa ya era otoñal, desde mi cuarto podía ver el jardín y allí de repente, jugando ajenos a mi mirada, aparecieron dos pequeñas e insensatas aves, mis hijos. Parecía mentira pero mientras estaba en mi desagradable incapacidad, sin poder moverme, no me había percatado de lo rápido que habían crecido Quim y Nil.

Me di cuenta que los niños, crecen independientemente a nosotros, estemos como estemos, son como árboles frutales, que vemos crecer temporada a temporada, pero no durante el año, por mucho que los miremos constantemente.

Crecen sin pedir permiso a la vida, en un acto de obediencia orgánica, y desobediencia civil, ya que eran bastante traviesos, como todos los niños.

Viéndolos jugar en el jardín me di cuenta, con una naturalidad increíble, como pájaros imprudentes, de que esas criaturas sin pañales estaban creciendo.

Los echaba mucho de menos, últimamente, solo los veía en sus fugaces visitas, a mi cuarto, pero como niños que son, eran visitas cortas e impacientes, como pájaros que se acercan a por una miga de pan y luego se alejan.

Mientras miraba por la ventana,
pensaba en que debería haber ido
más junto a su cama, al anochecer,
sin prisas por hacerlos dormir, pero
sobre todo para escuchar sus almas
respirando conversaciones de
palabras y confidencias sin sentido
entre sábanas y almohada.
Aquel día aprendí que la posibilidad
de bañarlos, acostarlos, no eran
tareas agotadoras y sin paciencia del
final del día, eran oportunidades
para olerlos, abrazarlos,
escucharlos, no eran tareas,
eran actos de amor incondicional,
era oportunidades para crear nuevos
recuerdos en ellos.
Aquel día aprendí que solo tenía un
sueño, no quería que crecieran sin
que hubiese agotado hasta mi última
gota de afecto por ellos, aprendí a
querer verlos crecer día a día, noche
tras noche.
Ver crecer a Quim y Nil, era un
torbellino de emociones profundas.

Cada lucha que enfrentaban, ya fuese bajo la luz del día o en la quietud de la noche, forjaba en ellos una fuerza única.
Era como observar la creación de unos seres aún incompletos, pero llenos de potencial. Sus diferencias, sus retos y sus victorias, iban de la mano en un viaje compartido, que aún sabiendo que su camino aún está por definir, ya eran capaces de enseñarme el horizonte con la fortaleza y la seguridad de un gigante.

CAPÍTULO X
"Anzuelos"

Poco duró aquella aparente tranquilidad, con la que, ajenos a todo lo que sucedía, me obsequiaron mis hijos desde la ventana, de pronto y sin realizar ningún gesto extraño, un dolor punzante empezó a recorrer mi pierna izquierda, sobre todo sentía el dolor en el pulgar izquierdo del pié.

Era como un dolor causado por el ácido úrico, un ataque de gota para que nos entendamos, pero la realidad iba a ser peor.

Una neuropatía periférica se cruzó, junto a la artrosis, en el camino.

Como si de un flechazo se tratase, se

enamoraron para empezar a viajar juntas estás dos dolencias.

Esta tóxica, dolorosa y asquerosa amistad emergida de la nada, era realmente horrible, ya no eran brasas ni cristales, era la fantasía más perversa de Wes Craven. Una autopista nerviosa, en la que se había convertido mi pierna, con cientos de vehículos chocando entre ellos y sin sentido, creando un amasijo de hierros, salados, oxidados y yo en medio de toda esa bola de metal.

Sentía cada impulso nervioso como si alguien estuviera quemándome con un cigarrillo.

Intenté ponerme en pie, pero ni con la ayuda de mi querida muleta azul podía dar un paso.

Era como tener un anzuelo clavado en el hueso del juanete. Pero el hilo de pescar estaba tensado y no era de nylon, no podía arrancarlo. Mi dedo pulgar se convirtió en el cebo.

Cuanto más tiraba, más se clavaba.

Era nauseabundo, me di por vencido y me volví a tumbar en la cama como pude. Podía llegar a sentir el olor putrefacto y metálico de esa especie de viejo y deteriorado garfio, clavado en mi hueso.

Mentalmente no podía más, ya estaba herido de muerte, en un deceso lento y doloroso, era una masa abierta y purulenta al que se le añadió un corte sobre herida abierta. La gota que colmaba el vaso.

Sentía los huesos deshechos, como si ese dolor que se añadió al de la cadera, hubiera licuado mi masa ósea, como una caries en el pie. Nunca encontraré adjetivo que haga justicia a ese mal, pero era como si mis nervios a través de la médula espinal, como emisaria, siempre trajese malas noticias, noticias del 22 de noviembre del sesenta y tres, eran las doce y media del medio día y me convertí en el objetivo de Harvey Oswald y esa bala era para mí.

Con la diferencia de que el valor de mi vida, en ese instante, parecía estar por debajo del precio de aquella maldita bala en la sien.

Cogí el teléfono como si fuese un arma, para defenderme de tan mezquina agresión, llamé a mí doctora que vino rápido, para confirmar lo que ya sabía que me ocurría. Por suerte trajo un medicamento para intentar frenar ese dolor punzante y hueco.

De nuevo fue cómo un ángel y aunque sus esfuerzos eran admirables y me ayudaban a mantenerme con vida, mi aliento estaba muy lejos de considerarse algo digno.

Realmente me sentía como si una serpiente constrictora me apretase el cuello, mi vida se había dado la vuelta, de llevarla de forma normal como la mayoría…

Pasé de eso, a estar reunido en el rancho Spahn y yo hubiese tomado el rol de Sharon Tate ,

CAPÍTULO XI
"Comercio al por menor"

Después de hablar y de la segunda visita de mi doctora, caí en la cuenta de que ya hacía unos meses que no iba al trabajo. Y mi teléfono no había sonado en todo este tiempo, ni un miserable mensaje.

Así que lleno de ese malestar y una especie

de inspiración que recorrió mi cuerpo, cogí de la mesita una hoja y mi bolígrafo preferido.

Usé como siempre que debo redactar, un papel Offset blanco.

Yo formaba parte de una multinacional que se dedica a las telecomunicaciones y está mal que lo diga yo, pero pese a ser un número como todos los que forman parte de una gran empresa, yo no era uno más.

Considerado uno de los vendedores más cotizados de la última década, donde cada día recibía elogios, invitado a eventos y posiblemente uno de los comerciantes motivacionales más influyentes de los últimos tiempos, pese a todo ello, fue cómo si mi condición de enfermo, me hubiese borrado de esa exclusiva lista, ya no estaba invitado a la fiesta.

Pero tenía clara una cosa, si mi teléfono no sonaba mientras luchaba, mucho menos respondería cuando ganase. Aunque me jodía que no me hubiesen tratado como una inversión y ese suele ser el mayor problema, un empleado hay que tratarlo como

una inversión, no como un gasto, los gastos joden y en ese momento yo estaba jodiendo a más de uno.

Mi jefe, pese a tener artrosis como yo y empatizar antes de mi baja, parecer preocupado por mí salud, antes de caer enfermo.

Yo pensaba que era una preocupación real, pero el teléfono, de nuevo, no sonaba, nunca sonó, nunca rompió el silencio de mi descanso.

Pero si algún día lees esto, quiero que sepas que me hubiese encantado que mi teléfono sonase.

Que me dijeses que la artrosis no ha entendido lo fuerte que es la vida, que es una enfermedad cobarde y sin sentido, que hace sangrar y gana asaltos, pero que nunca es vencedora, si lo hubieses hecho... jamás hubiera dudado de ti.

Siempre alardeabas de nuestra amistad, me mostrabas como a un trofeo al que hay que cuidar y ahora tu dedo me señala en la nuca, como el que señala al enfermo o al enemigo.

Pero nunca decidiste llamar, ni desear una pronta recuperación, por mí, por ti, por simple humanidad.
Tu viejo trofeo ahora está luchando, tapado por el polvo, pero luchando por volver a resplandecer.
Algún día te señalaré yo a ti con el dedo pero a los ojos y de frente. Te diré lo que jamás me hiciste escuchar y que tanto necesitaba oír, te explicaré que nuestra enfermedad no tiene razón ninguna, que lo superarás, o tal vez no.
Pero ten claro que será una batalla dura, una guerra sin munición, sin efectivos y con una única arma, la valentía.
Querido jefe, la artrosis es una enfermedad, carece de sentimientos, que perece ante el valor, pero que mata cobardes.
Recuérdalo el día que tu teléfono no suene, recuerda que... el silencio a veces, mata inocentes
Este capítulo era importante, pero no mereces beneficiarte de la única

cosa que jamás se recupera, la vida,
el tiempo, e igual que las abejas no
pierden el tiempo explicándole a las
moscas, porque que la miel es mejor
que la mierda, yo no pienso perderlo
más contigo.
Así que usa este escrito siempre que
lo necesites.
Atentamente, tu polvoriento trofeo.
Seguidamente, plegué la hoja
diseñada y vestida con letras azul
oscuro, la salvaguardé dentro de un
sobre y lo adorne con un sello postal
conmemorativo en el que aparecía
de forma majestuosa la Muralla Roja
de Calp y lo dejé para su envío,
anotando finalmente el remite y
destinatario.
Al día siguiente, el sobre y su
poderoso contenido desaparecieron
de la mesita donde lo puse a
descansar después de haberlo
redactado.
Realmente pienso en que jamás me
arrepentiré de haber escrito aquello,
puse espíritu en aquellas miserables

palabras y me enorgullecía de haber expresado en una carta dirigida a un superior todo aquello y de esa forma, con palabras que jamás podríamos hacer salir en directo, pero somos dueños de lo que escribimos.

No me arrepentía...

CAPÍTULO XII
"Segundo círculo"

La creencia popular dice que el infierno es un lugar lleno de pecadores, abrasándose constantemente, para expiar sus pecados.

Yo seguía vivo en un infierno, ya teñido de blanco, la navidad se acercaba y con ella, el frío.

Las lluvias de las últimas semanas ya caían en forma de perseverante nieve, me sentía muy solo al perder la compañía de algunos pájaros que solía escuchar durante los meses más cálidos y algún gato curioso que se acercaba a la ventana de vez en cuando.

Los niños ya no jugaban sobre el verdoso césped, ya cubierto por espesa nieve, ni los grillos ambientaban mis noches con sus melódicos cantos.

Solo existía el frío en ese invierno climático, pero era tan poderoso que no solo helaba con su aliento, calles y hogares, que con mucho esfuerzo, mantenían constante el humo saliendo de sus chimeneas.

De forma extraña penetraba músculos y arterias, pronto me di cuenta que lo que sentía, no era la bajada de temperaturas típicas de la época del año.

Extrañaba a mí querida mujer. Con mi malgastada cadera, mi medicación y con todo lo demás, hacía meses que no podíamos ser pareja.

No era ni obsesión, ni vicio, simplemente amor, compañerismo y afecto.

Echaba de menos sus caricias, sus abrazos, la echaba de menos a ella, echaba de menos sentirnos cuando los niños dormían.

Hacía semanas, que no se escuchaban risas cómplices, ni una copa de vino llenarse, hacía meses que nuestra piel se sintió por última vez.

No había nada que celebrar.

Tenía ganas de ella, pero en ese segundo círculo del frío e invernal infierno, sentía como si una impotencia artrósica me hubiese tomado como único amante.

Yo tenía ganas de ella, pero ella con más sentido común que yo, respondía negativa.

He de reconocer que muchas veces pensé en que era por ser un desecho en ese estado, frágil y roto, o que ya no era el viril macho que como si de un orangután se tratase, conquistó a su hembra una noche de verano, en plena época de apareamiento, no la culpaba...

Ya no era ese ser masculino que una vez joven y esbelto se movía como un felino. Me había convertido en todo lo contrario.

De pronto me vi atrapado en el segundo círculo de Dante, sin ser pecador de lujuria, solo lo justo.

Virgilio ya ordenaba a Dante que debía condenarme de forma injusta por dejar que mis apetitos carnales, superasen mi razón.

La lujuria reinaba y el aire estaba repleto de deseos desbordados.

Aquel infierno, aquel castigo sin sentido, donde no me encontré ni con la compañía de Paris, Tristán o Helena de Troya.

Solo hombres, mujeres, figuras etéreas a mi alrededor, atrayéndome, susurrando falsas promesas, sin rostro.

Tenia la sensación de estar siendo acosado de forma abrumadora, sintiéndome penetrado por miembros inexistentes, buscando poseerme por completo.

Intentaba escapar, pero cada paso me llevaba a un lugar más profundo,

en ese laberinto de pasiones
desenfrenadas.

Capaces de gritar, pecadores de
lujuria todos, que allí se les
castigaba como a mi, que entre
aquella multitud intentaba abrirme
paso, mientras con sus susurros,
como cantos de sirena intentaban
arrastrarme a la perdición, en una
lucha interna de miedo y deseo.

Esos inquilinos del segundo círculo
no habían aprendido nada, tenían
sed de lujuria y sexo y yo, era la
novedad.

De igual forma descubrí que el
castigo es más rápido que la verdad
y por el motivo que fuese, Dante no
confiaba en mi.

Solo escuchaba gemidos dolorosos y
placenteros al mismo tiempo, que sin
cuerpos desnudos que los emitiesen,
resonaban sobre paredes hechas de
humedecidas entrepiernas
femeninas, era enfermizo y tentador
al mismo tiempo.

Paredes que me incitaban a la locura pecaminosas paredes tramposas que intentaban por todos los medios que me acercase a ellas para juntar carne pero no alma, no había salvación en aquel lugar.
Eran dulces, extremadamente dulces, me atrevería a decir que hasta casi inocentes, me incitaban a dejarme seducir por el placer, me susurraban al oído, me decían que las tomase una vez tras otra.
Pero yo era más fuerte, yo era más impotente.
Estaba solo, castigado por un conquistador frío y un violento viento, excitantemente sexual y bajo cero, chocando contra mi cuerpo que aún con ropa, parecía casi desnudo, o quizás realmente desnudo, por el miedo y la inseguridad de encontrarme en soledad en aquel vicioso segundo círculo.
Algo tenía aquel lugar, obsceno y sucio que provocaba una especie de excitación congelada. No había nada

allí abajo que me atrajese, ni sufría
de filias en mi día a día, pero esa
oscuridad, ese frío era caliente.
Nunca me consideré lujurioso, pero
Dante me castigaba sin cesar, solo
por querer tener relaciones, aún con
los ojos ya cansados, con mi pareja.
No era lujuria, simplemente amaba a
mi esposa.
Simplemente quería que me
abrazase tan fuerte, que juntase mis
huesos de nuevo.

CAPÍTULO XIII
"Trinchera enemiga"

Pasaban las horas y los días, estábamos en pleno invierno, a través de mi querida ventana, veía la nieve caer, esa que me acercaba un poco al mundo exterior, ya resonaban los primeros villancicos que adornaban y conquistaban, junto al típico olor a galletas de jengibre, el ambiente festivo. Estábamos a pocos días de Navidad.

He de reconocer que esos días siempre me han hecho ilusión y es mi época del año favorita.

Mi doctora me trajo un presente de forma anticipada,

ya que en una de sus visitas, días
antes y con una nueva
dosis de cortisona, hizo de mi vida,
algo más digno de vivir.
Al menos podía dar unos pocos pasos
sin morir en el intento, mi doctora
me regaló la libertad de poder
ponerme en pie y realizar pequeños
trayectos, junto a mi queridísimo
bastón.
De paso me recordó que
cambiaríamos de planes, ya que
debían operarme la columna, antes
que la cadera.
La neuropatía aparecida de la nada
semanas antes, estaba ganando
peso, casi dejando a un segundo
lugar tanto la artrosis como la
fractura pélvica.
Una tregua, un alto el fuego que
negoció la vida con la artrosis, al
menos para esos días.
Allí estábamos ambos bandos,
soldados muertos de frío y de miedo,
intentando evitar el máximo posible

las heladas temperaturas bajo nuestras trincheras.

No queríamos escuchar un disparo, no queríamos sentir el sonido de la metralla, ni la luz que produce el fuego de mortero aquella oscura y gélida noche, pero atento a cualquier violación del alto al fuego. Pero todo parecía muy tranquilo, desde el otro lado del campo de batalla, en la trinchera enemiga, empezó a escucharse un susurro, una melodía de concordia.

Así que después de pensarlo, agarré un trapo blanco en señal de rendición y me acerqué lentamente para dar una muestra de paz, un presente para esos días y en agradecimiento a esa noche de convivencia.

Salí de mi trinchera y tras eso, cerré la puerta, poco a poco me fui acercando a ese enemigo, convertido en ese preciado momento, en un amigo con fecha de caducidad, así

que debía aprovechar ese momento
de compañerismo.
Poco a poco los villancicos sonaban
más fuertes, me animaban a seguir
adelante. A lo lejos vislumbraba la
silueta de mi esposa y mis dos
pequeños hijos, al inicio de la
trinchera enemiga, la calle que nadie
quiere pisar.
Tras la puerta de casa, unos solados
sanguinarios, disfrazados con piel de
niño, en bando enemigo y con la
nariz rojiza por las bajas
temperaturas,
cantaban con voz melódica una
canción de esta época tan navideña,
no recuerdo cuál.
De camino, agarré unos dulces en
señal de amistad por
horas, sabía que pronto terminaría y
mi enemigo, seguiría siendo un
traidor.
Esas criaturas terminaron su
concierto y les ofrecí dicho presente,
lo aceptaron con gusto y poco a poco
desaparecieron tras la neblina,

ninguno se dio la vuelta en señal de
amistad, ninguno quería paz, pero
los generales no libran sus propias
batallas. Éramos soldados
desconocidos, que luchábamos
porque alguien decidió que
debíamos hacerlo.
Falsos soldados que libran,
verdaderas batallas, como en todas
las guerras que suceden por el
mundo.
Políticamente incorrectas,
económicamente sucias y
auténticamente falsas,
porque todas tienen lo mismo en
común, se firman en despachos,
se inician en campos y en todos los
bandos, la primera víctima es la
verdad.
Era simplemente un negocio, una
corta amistad por horas, que pronto
llegaría a su fin, estaban en la calle,
peligroso territorio enemigo.
Y así pues se marcharon, jamás volví
a ver a esos valientes combatientes,
que un día fueron a mano alzada

poderosos enemigos que sujetando
destructivas armas, supieron
convertirse en amigos.
Al día siguiente todos volveríamos a
nuestras trincheras y aunque mi
principal enemigo era mi propio
cuerpo, debía tener algo claro,
el enemigo de mi enemigo, sigue
siendo un enemigo.
Por mucho que durante un rato,
unas horas o un día parezca lo
contrario, sigue siendo el mismo
impostor.

CAPÍTULO XIV
"absurdo y largo"

Después de aquella pactada tregua, volví a mí campamento base.
Debía estar tranquilo, ya que en unas horas me iban a operar, el cirujano iba a obrar su magia.
Con la huida del sol de aquel día la nieve del exterior fue haciéndose cada vez más densa. Era un invierno de los más fríos que recuerdo. Si no el que más. Como ya era tarde y mis queridos seres ya dormían, encendí la lámpara de mi mesita, para poder disfrutar al menos de la compañía, de la tenue luz que emitía.
Era una iluminación anaranjada, más de cortesía que para iluminar una

gran sala y que de vez en cuando
titilaba.
Con la ayuda de esa compañía cogí
mis medicamentos y los ingerí.
Poco a poco la luz fue haciéndose
más opaca, hasta
que me sumí en una profunda
oscuridad.
Intenté acostumbrar la mirada a esa
negrura, pero solo era capaz de
distinguir alguna alargada y
difuminada sombra y lo que parecía
una puerta metálica.
Una entrada que no debería estar
allí, así pues, me dispuse con ayuda
de mi móvil a modo de visor
nocturno, con el brillo de la pantalla
al máximo de su capacidad y mi
muleta, me acerqué a esa puerta
absurda e imposible.
Estaba tremendamente fría al tacto,
giré el pomo que la protegía de una
apertura no autorizada y nada
sucedió.
No entendía porque había aparecido
casi de la nada, algo tan absurdo.

Me di media vuelta y vi a unos metros una pequeña luz casi infrarroja y atraído como una polilla en la oscuridad, me acerqué a ella. Cuando llegué a esa pequeña luminiscencia, pude percatarme de que unido a ese brillo había una llave, era casi mágico.

Rápidamente entendí que debía abrir esa puerta metálica e imposible, que de la nada había aparecido en aquel lugar.

Giré sobre mí mismo para volver a cruzar la mirada con esa entrada cerrada e inviolable sin la autorización pertinente.

Las sombras se hacían cada vez más acusadas y agresivas, causadas por el brillo de mi móvil, pero no podía distraerme con esas semejantes apariciones monstruosas, así que llegué a la puerta más rápido que lento, pues no me fiaba de aquellas aparentemente inofensivas sombras.

Inserté la llave que entró con facilidad, casi parecía que el bombín hubiese sido recién engrasado, di tres vueltas a la cerradura y la puerta se abrió, emitiendo un quejido metálico, casi de advertencia.

Un sonido para avisar a incautos de que esa entrada no debió haberse abierto, que no quería mostrar lo que ocultaba al otro lado.

Después de suspirar para dar sentido a esa visión, esa puerta a otro mundo, mi cuerpo traspasó esa entrada, me dirigí al otro lado, con una mezcla de temor y curiosidad. Lo que tenía claro es que si había aparecido allí, con su metálica forma, debía ser por algún motivo. No sabía cuál era el cometido de ese portal hacia lo desconocido, pero quería averiguarlo. Entré dejando las horribles y densas sombras tras mi espalda.

Siguiendo con la ayuda de mi teléfono iluminé la estancia. Más que una habitación, lo que se presentó

frente a mí, fue un pasillo infinito con tal negrura que el brillo emitido por mi móvil parecía atenuarse, una oscuridad parecía absorber la luz emitida. Probé entonces con la linterna que tienen los smartphones hoy en día.
No sirvió de mucho.
Con mi improvisada antorcha y como si me hubiese adentrado en una caverna, pude reconocer paredes hechas de un áspero hormigón y en ambos lados de las paredes, se sucedían con simétrica distancia entre ellas, puertas y más puertas, exactas a la que había cruzado instantes antes, en mi habitación, todas frías, todas de metal.
Ese pasillo, helado y oscuro, me recordaba a una morgue, era frío y lúgubre. Era un lugar apoderado por el terror, ni siquiera tenía la compañía del típico insecto rastrero que anida en lugares oscuros y húmedos, en aquel lugar yo era el único ser viviente y el vaho que

surgía de mi respiración, me avisaba
de que aún seguía con vida.
Empecé a caminar, el golpeo de cada
paso que daba con mi muleta,
resonaba con eco, un eco metálico y
al vacío, sin regreso.
Las puertas metálicas y gemelas las
unas de las otras se iban sucediendo,
una tras otra, era tan oscuro que
pese a darme la vuelta para ver la
puerta abierta que había dejado
atrás, la que me podía llevar de
vuelta a mi habitación y dejarme en
un lugar seguro, parecía haberse
esfumado, solo había oscuridad.
Tragué saliva intentando ingerir algo
de valor y seguí hacía delante.
Cada paso que daba era como
adentrarse más en la garganta del
lobo, no quería estar allí, no debía
estar allí, pese a la advertencia que
me dio la puerta de entrada a aquel
oscuro pasillo. No había nada de luz
en aquel lugar, el silencio, la
oscuridad, cada vez eran más
densos.

Un pasillo sin fin por delante y nada tras de mí. Las largas sombras que se produjeron en mi habitación, parecían haber cruzado esa maldita puerta, que la hubieran engullido, que había adquirido una forma imposible y que ahora estuvieran persiguiendo mis pasos.

No tenía más remedio que seguir hacia delante, mientras las puertas de aquel pasillo se iban apareciendo una tras otra, a cada paso, a cada maldito metro recorrido, avanzaba pero eran tan iguales que parecía no haberme movido del mismo sitio.

No pensé en abrir ninguna en ese momento, quizás por miedo o porque todavía seguía intentando entender lo imposible, de pronto, un agudo sonido violó el silencio absoluto.

Mi teléfono se estaba quejando, ya casi de forma
agónica me advertía de que su batería estaba agotándose,
maldición.

No tuve más remedio, ante semejantes advertencias, que intentar escapar de aquella ratonera, sin salida y prácticamente sin esperanza, lo más rápido posible, me convertí en una rata de laboratorio atrapada en medio de un experimento fallido, de esos que avergüenzan a la comunidad científica.

Desesperado, intenté abrir la primera puerta que me encontré, pero estaba cerrada, tampoco tenía cerradura, ni pomo, era como si alguien la hubiese sellado por siempre, después de ver su interior, para que ningún desgraciado incauto se atreviese a abrirla de nuevo. Continué.

Con aquellas amenazantes sombras, cada vez más cerca, pisándome los talones y con la agonía de no poder recorrer aquel angosto pasillo más rápido, probé de forma casi aleatoria una segunda puerta, era jugársela, morir o morir, pero nada, inexpugnable.

Por el momento no conseguí abrir ninguna de las puertas que intentaba , buscando una salida inexistente, que tal vez no existía pero que cualquier destino que contuviesen sería mejor que escapar de aquellos acosadores.

Un segundo quejido producido por el teléfono, me volvía a advertir, de que se me estaba terminando el tiempo, pronto me quedaría sumergido en una locura absolutamente oscura. Debía darme toda la prisa que pudiese, pero acompañado de una lentitud interminable, era como intentar correr con los cordones de los zapatos atados entre sí. No podía dar pasos de más de treinta centímetros, demasiado alejado de un paso normal, demasiado lento, demasiado arriesgado.

Sabía que caerme en ese sitio o intentar acelerar el paso, podía hacerme tropezar y dejarme a merced y como única víctima de las sombras que allí seguían, que allí me acosaban, acompañado de una nueva fractura. Me sentía como si dos lobos y una gallina encerrados y sin salida estuvieran decidiendo que van a cenar.

De vez en cuando me giraba para comprobar la ventaja que estaba perdiendo por momentos, sobre las acosadoras sombras, pero el brillo de la linterna de mi móvil, ya más tenue debido a la escasa batería , era incapaz de darme una aproximación sobre la distancia. Era tan oscuro que parecía tragar cualquier atisbo de luz, en aquel pasillo, solo y como si la primera puerta se hubiese convertido en un agujero negro, absorbiéndolo todo y con todo me refiero incluso a la esperanza de salir de allí con vida. Eran demasiado rápidas, yo iba demasiado lento y estaba totalmente desinformado. Noticias ocultas que no me llegaban para darme algo de

esperanza de salir de allí, como
fuese o como pudiese.

Iba recorriendo metros e intentando
sin recompensa, abrir puertas
idénticas hasta que de pronto, una
pesadilla se hizo realidad. La
pantalla de mi móvil, como un
puñetazo en la cara, se imprimió en
su pantalla, apagándose en treinta
segundos.

Así que de pronto y a mis dolores se
le unió una ceguera absoluta, no veía
nada, mi teléfono me había
abandonado y no tenía más
herramientas que mi muleta, daba
un paso apoyando mi peso en ella,
para acto seguido usarlo como
bastón para invidentes. Era la única
información que tenía en ese
momento, saber que justo delante no
había ningún obstáculo.

No era consciente de la distancia
que había recorrido y tampoco
estaba dispuesto a querer
averiguarlo, no podía dar ni un paso

atrás, no podía dar ni un paso
normal adelante, con
esa torpe velocidad constante me
daba la sensación de que no llegaría
jamás al final.
Los escalofríos empezaban a
recorrer mi nuca, sabía que lo
invisible estaba a punto de
alcanzarme.
De repente, eso me atrapó y en mi
espalda como si fuese de
mantequilla, penetró un cuchillo frío,
extremadamente afilado y ardiente
al mismo tiempo.
Era una sensación dolorosa, muy
dolorosa, me cortaba, me laceraba la
piel con una facilidad increíble. Esa
maldita sombra me estaba
apuñalando por la espalda, con
nocturnidad, con extremada
precisión una vez tras otra.
Sentía como me dividía la piel y la
carne en dos, en una profunda y
lacerante herida, trozo a trozo.
No podía apenas moverme, ni aullar,
el dolor era tan profundo que se

ahogaba antes de salir de mi boca, estaba solo en aquel lugar a merced de mí oscuro agresor. Demasiado tarde cesó aquel apuñalamiento sin motivo y extremadamente agresivo, pero no había alivio, pareció soltar ese cuchillo de carnicero, para empezar a maltratarme vértebra en vértebra, con lo que sensitivamente parecía un mazo.

A miles de golpes por segundo, el dolor recorría todo mi cuerpo, era horrible, vomitivo, tan cruel que incluso mi cuerpo era incapaz de exhalar vaho de mis entrañas, pese a estar mal herido en aquel gélido pasillo.

Me había convertido en una especie de tablón de madera, al que de forma incesante, quieren clavar con tornillos, uno tras otro.

Esa sombra me estaba matando en vida, en aquel corredor, sin poder defenderme, intentaba mover mis extremidades pero no respondían, intentaba pedir socorro pero no había señal de auxilio ni quien pudiese escucharla.

Una vez remachado por completo, de una de las metálicas puertas apareció una especie de arpía, con vestiduras de costurera, de unos de los bolsillos del batín, que llevaba puesto, asomaba lo que parecía hilo de lana, aquello ahora sí que se había convertido en algo totalmente horrendo, con precisión y en mi espeluznante inmovilidad, se acercó a mi espalda golpeada, cortada y maltratada.

Con sus manos juntó mi piel y mi carne dividida en dos, podía escuchar como casi susurraba, no era una voz dulce, parecía más bien un gruñido, su voz iba acorde al dolor que estaba sintiendo, jamás pude ver ni percibir su físico, excepto las dos patas y sus afilados dedos que asomaban bajo su bata, sacó el ovillo de lana de su bolsillo y sus agujas de zurcir y con precisión microscópica, empezó a coserme entero.

Podía sentir cada punzada, agujereando mi espalda, sintiendo el hilo áspero entrar por el orificio causado por la aguja de costura, estaba sufriendo cada trazo, de forma horrible, penetrando su alargada aguja dentro de mi sanguinolenta pulpa.

Sentía el olor a sangre y a herida abierta, era un hedor asqueroso, carne putrefacta.

De pie, después de un largo rato, apoyado contra una pared fría, áspera, de hormigón, estático y sufriendo aquel aquelarre morboso y con mis trozos de carne ya cosidos, aquella sastre me tiró sin miramientos, contra una especie de cama y se me llevó.

Un viaje sin autorización, amordazado hacia una de las puertas de aquel pasillo, cuando la abrió una deslumbrante luz blanca salía de aquel cuarto, iluminándolo todo por completo.

Deslumbrado me abandonó en aquella sala cuando de pronto apareció otra doncella, esta no gruñía, esta no cosía, me preguntó cómo me encontraba y con mi voz enfermiza y agonizada, por todo lo sufrido en aquellos interminables momentos y prácticamente sin

que mis quejidos respondiesen a las órdenes de mi boca, le respondí; Máteme…

Al no poder prácticamente emitir ningún sonido elocuente me trajo un folio y un rotulador.

Estupefacta miraba y casi horrorizada miró el folio que adornaba con dolor.

Pues en él y con pulso tembloroso escribí, la anestesia no ha funcionado, dolor diez de diez…

CAPÍTULO XV
"Mamá"

Con el cuerpo aún crucificado, me subieron a planta. El dolor se soportaba gracias al gotero conectado a una de mis venas. Gota a gota esa loción iba ingresando en mi torrente sanguíneo, me dejaba levitando, casi extasiado.

Era como vivir en el umbral entre la vida y el fin, con un pie en cada mundo, me hubiese encantado que la muerte me cogiese, rodeado de amigos y seres queridos.

Pero en ese momento no necesitaba tanta compañía, el celador pilotando con máxima precaución me condujo dentro del que iba a ser mi cuarto provisional.

No era un mal sitio, relativamente cómodo y solitario, es lo que necesitaba en ese momento.

Dicen que si no es para mejorarlo, el silencio es la mejor conversación que uno puede tener y pude tener unas buenas horas para meditar en lo ocurrido, en silencio, hablando conmigo mismo, con palabras mudas.

El tedio se vio interrumpido por la primera visita que tuve en aquel cuarto de un todo incluido, mi querida madre.

Un ser que brilla con luz propia, que siempre estuvo allí.

Era una persona dispuesta a sacrificarse siempre que fuese necesario, aún recuerdo cuando me advertía de que la vida iba a golpear, que no iba a ser fácil, pero que en caso de máxima necesidad sería capaz de amputarse un miembro si su camada lo necesitaba. Como lo haría yo si fuese necesario por los míos.

Pero esa lucha que estaba viviendo, era solo mía, mi madre podía allanar el camino, pero cuando la destrucción hace tambalear todo el mundo a cada paso, ni la más poderosa súper heroína puede con todo. Mi madre no necesitaba poderes para ser necesaria, simplemente su presencia allí, sin mediar palabra era más que suficiente, capaz de hacer brotar vida usando silencio.

Ella se sacrificó toda su vida y supo otorgarme, la sabiduría de un padre y la dulzura de una madre.

Me había convertido en el hombre que soy hoy, aún en camino de formación, con las primeras plumas brotando de mi espalda, para acabar convertidas en alas.

Eso es lo que me otorgó mi madre, alas para volar tan alto como ella no pudo y siempre quiso.

Pero tú esfuerzo no será en vano, cuando por el camino encuentres piedras, construye, si encuentras agujeros úsalos para acumular agua, víveres y cuando la vida te golpee, que lo hará sin compasión, levántate usando alas.
Ella me enseñó que lo bueno de sentir dolor, es que aunque se crea eterno, siempre es pasajero, todo pasa por algo.
Y aunque ella no pudiese salvarme de aquel agónico sufrimiento, solo con silencio supo hacerme sentir mejor.
Era mi madre, la persona que me dio vida, la persona que me prestó sus alas para que yo pudiese alzar el vuelo, mientras ella caía en un abismo por el simple hecho de ver a su hijo en aquella situación.
Así era mi madre, un ser compasivo que supo darme lo mejor de todos los mundos, me enseñó que la vida golpearía, me enseñó a ser un buen padre.

CAPÍTULO XVI
" Ingreso y Regreso"

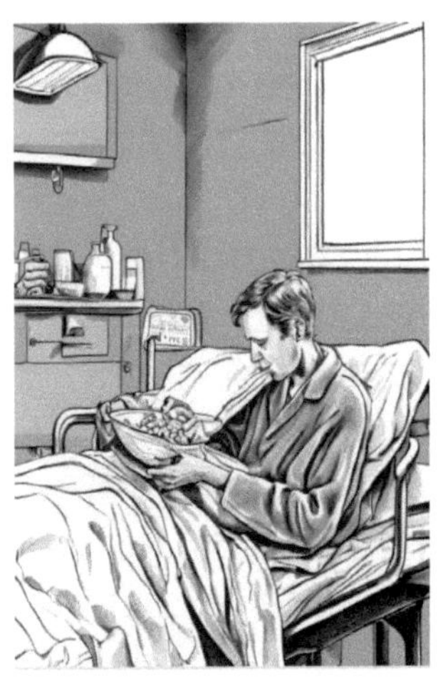

Los días en el hospital, de ingreso en aquel resort todo incluido, pasaron relativamente rápido.
Aunque era una sucesión monótona de horas y minutos, y las únicas actividades lúdicas propuestas eran las de realizar análisis de sangre, desayunar, comer, cenar y cambiar la vía varias veces al día, de vez en cuando tenía la visita de algún ser que, despistado, abría la puerta por error pensando en que dentro encontraría dentro un ser querido y no a un desconocido.

Sentía una relativa tranquilidad
incómoda, la hospitalidad de aquel
lugar era de apreciar y los calmantes
para disfrutarlos.
La primera noche en el hospital fue
la peor, mis tripas gruñían
escandalosas, reclamaban una
ración que llevarme a la boca. Pero
el racionamiento era severo no
negociable.
Llevaba sin que mis molares
trabajasen, ni mi garganta tragase,
desde las ocho de la mañana de
aquel día y cuando miré el reloj,
estábamos apunto de cruzar la línea,
el umbral que separa los días.
Pese a ello, sobreviví, y cuando llegó
el alimento, pese a ser cadavérico lo
ingerí. Se trataba de la típica
bandeja hospitalaria con algo de
lechuga y un pescado que había
vivido tiempos mejores y que quizás
hubiese preferido terminar sus días
sobre la encimera y frente al cuchillo
de un buen chef.

Pero allí estaba, cocinado en su peor versión, caliente por fuera, crudo y casi congelado por dentro.
Recuerdo cómo me costaba masticarlo, como me costaba tragarlo, aunque intentase darle el fin merecido, se aferraba a mi garganta causándome un dolor punzante, pero no era culpa de ese pez arponeado entre mis fauces, esa aflicción venía causada por la lesión que me produjo el tubo que me insertaron en la tráquea para mantenerme con vida durante la carnicería.
El sueño y los calmantes pudieron más que el hambre, me dormí tranquilo y después de aquella feroz batalla perdida contra aquel poderoso pez, lo dejé tranquilo, descanse en paz.
Al día siguiente, tuve la visita más esperada de todas, mis ojos se abrieron al mismo tiempo que la puerta, eran mis dos pequeños e inocentes aves, para ellos su padre

seguía siendo un héroe, aún
recuerdo a Quim, preguntándome,
mientras miraba estupefacto mi piel
conectada a goteros, cables y vías, si
lo que en ese hospital, lo que hacían,
era convertir a la gente en robots
voladores, efectivamente respondí
que sí.
Nil me preguntaba cuándo volvería a
dormir con ellos.
Maria que vino, junto a la abuela de
los niños, cruzó la mirada conmigo,
humedecida por mis lágrimas, los
dos entendimos mucho con muy
poco.
El padre de mis hijos, no era un ser
perdedor, un deshecho... Era un
robot volador que pronto volvería a
dormir con ellos.
Los siguientes tres días de ingreso
hospitalario pasaron relativamente
rápido con un reloj que circulaba
inexorable, así pues, después de que
la aguja diese setenta y dos vueltas,
me dieron el papel del "check out"

tenía ganas de volver a mí patria, a mí hogar.

Con extremada precaución, atravesé la majestuosa puerta de aquel centro hospitalario, debía ir con cuidado ya que la nieve de aquellos días, se había convertido en hielo y no tenía los medios necesarios para sobrevivir a un resbalón, igualmente con lo que parecían pasos firmes y lentos, llegué al "check point", el pequeño vehículo que solía manejar mi mujer.

No recuerdo cómo fue el viaje de ida al hospital para que me realizaran la intervención, pero el de vuelta fue un infierno sobre asfalto. Cada acelerón, cada frenada era como si mi herida se abriese, podía sentir hasta la más pequeña piedra que pasase por debajo de alguno de los neumáticos.

Después de circular sobre piedra, durante un buen rato, llegamos a casa, llegué pálido y conteniendo con las manos el vómito que quería

escapar desde dentro de mi
estómago, era repugnante.
Al final escapó desde mi interior y
me reencontré con los malolientes y
prácticamente digeridos pedazos de
pescado que intenté comer días
atrás. Esa explosión estomacal de
líquidos y bolos alimenticios se
desparramó por todos lados y con
ellos, mi grapada espalda sufrió una
importante y espesa hemorragia,
llena de oscuras secreciones y
putrefactos coágulos.
Había llegado el momento, después
de devolver al mundo aquel
majestuoso festín, de realizar la
primera cura domiciliaria.
No sin antes recoger aquella pasta
surgida de mis entrañas, ya que,
como si de la última cena se tratase
mi pequeño perro, incesante, quería
darse un homenaje ingiriendo
aquella maloliente pasta de pescado
con ayuda de su ajetreada lengua.
Maria con extremado cuidado y
cariño, cualidad de la que no

disfruté en mi estancia en el hospital, ya que las enfermeras realizaban sus labores mecanizadamente robóticas y sin sentimientos, procedió a retirarme la bandana que cubría mi herida quirúrgica y la limpió. Me sentí gratamente reconfortado y limpio, como si me hubiese bañado en agua cristalina. Después volví a la cama, necesitaba y eran de carácter obligatorio, unas semanas de reposo.

CAPÍTULO XVII
"1619-1621"

Después de mis merecidas semanas de descanso, una mañana cualquiera y después de haber dormido esa noche lo que me parecieron interminables horas.

Maria apareció en la habitación, con una invitación en mano, recordándome, que ese fin de semana teníamos una boda.

 Mirando la aquella convocatoria, recordé que el enlace se iba a celebrar a una hora de camino de casa, en el típico caserón antiguo y perdido, solo conectado con la civilización por algún angosto camino sin asfaltar.

Debía ser muy meticuloso con toda la medicación post operatoria si quería tener alguna posibilidad de asistir a ese evento.

Víctor y Maricarmen se iban a unir en sacramental matrimonio. Él era un amigo de la infancia como todos los demás y Maricarmen un ser excepcional que supo hacerle feliz desde el primer día y que junto a Claudia, hija de ambos, hacían una familia preciosa.

Me hacía especial ilusión asistir a tan importante evento y poder reencontrarme con mis amigos de siempre. Iba a poder disfrutar de algo normal desde que mi vida se hubiese visto envuelta y sin previsión alguna, de una matanza visceral y agónica.

Me entristecía de sobremanera que Alberto uno de mis eternos camaradas, que tuvo a su hijo Pau, hacía un par de meses, con Tamara, su mujer, no pudiesen asistir, Pau era demasiado pequeño y el lugar demasiado alejado y recóndito como para arriesgarse si surgía alguna urgencia médica, típica de los neonatos.

Pero allí me iba a encontrar con Carlos y Eva que la conocimos en un viaje a Malta cuando no éramos más que unos jóvenes chavales desbocados, hacía, si no recuerdo mal, cerca de una veintena de años y hoy en día, pareja de este.

Disfrutaría del siempre característico humor culto y refinado de nuestro amigo Héctor o Tor como le gustaba que lo llamasen y Míriam, su pareja.

No podía olvidarme de Martí, la última incorporación a aquel pequeño grupo de amigos, surgida hacía veinticinco años, cuando varios descabezados adolescentes decidieron recorrer , cómo grupo, el camino a la madurez.

Así pues, al cabo de unos días, nos dirigimos los cuatro hacia aquel inhóspito lugar.

Maria condujo mi coche, uno de esos todo-terrenos que se han puesto tan de moda y fue de agradecer, ya que en ese formato intentaríamos realizar el tramo final del trayecto hacia la ubicación del enlace, de forma más amable.

Al fin y al cabo de unos interminables minutos de camino de barro y piedras, un camino que parecía no terminar jamás, donde abandonas la comodidad del asfalto y parece que conduces hacia dentro de las fauces de un bosque, en la que la única compañía era la del termómetro de la pantalla del vehículo, perdiendo grados centígrados cada metro que más nos adentrábamos en aquel camino.

Llegamos a lo que aparentemente parecía una casa rural, con sus miles de hectáreas, una especie de caserón, un lugar detenido en el

tiempo, donde no había espacio ni
tiempo para escuchar a los nuevos
oráculos, prodigando sus palabras,
su verdad y sus creencias cuando
son preguntados en nuestro siglo y
que responden a través de altavoces
que parecen sensiblemente
inteligentes, pero totalmente
mecánicos, que demasiado a menudo
hacen dudar al oyente entre realidad
y ficción.
Allí los únicos accesos a la
información lo daban grandes
portones de madera maciza en forma
de arqueadas puertas.
Cuando llegamos al aparcamiento
provisional para desembarcar las
maletas, nos recibió un señor, uno de
los de antes y por antes me refiero a
que su rostro, sus ropajes ajados por
la labor del campo demasiado
tiempo, de su mano derecha colgaba
una hoz.
Sin mediar palabra alguna levantó
su brazo libre y con el dedo nos
señaló el camino a nuestra alcoba y

allí nos dirigimos, no queríamos llevar la contraria a alguien que nos daba la bienvenida con una mano ocupada por tal arma, desolladora de hombres.

Llegamos a la entrada principal de aquel caserío, una entrada cuya puerta se quejó al ser empujada, con bastante fuerza por cierto, para poder penetrar en ella.

En frente teníamos nuestra habitación y junto a ella un baño de servicio, pequeño pero que cumplía, una cocina antigua con un gran horno de leña, que aparentemente se le hacía uso con bastante frecuencia.

Desempacamos nuestro equipaje rápidamente, debíamos darnos algo de prisa, ya que en aquel momento, mire mi teléfono sin cobertura y su reloj, me alertaba de que eran las cuatro y media de la tarde y la ceremonia empezaba a las seis.

De este modo, con toda la prisa con la que pudimos, vestimos a los niños, nos arreglamos nosotros y de forma

más o menos elegante nos dirigimos
hacia el lugar de la ceremonia, que
estaba por empezar.
De camino hacia el altar, nos
cruzamos con una especie de banco
de piedra, adornado por dos postes
de madera maciza atados en cruz o
mejor dicho, en forma de "X" un
lugar donde a día de hoy suelen
merendar familias y enamorados se
dan su primer beso como marido y
mujer.
Como ser curioso que soy, me
acerque a dicho emplazamiento,
para leer una pequeña placa que
parecía ser conmemorativa,
decía lo siguiente:

*Aquí y bajo esta cruz, durante los
inicios del siglo XVII, concretamente
entre 1619 y 1621 una corta pero
intensa cacería de brujas, terminó
con la vida, por ahorcamiento, de
varias mujeres, acusadas
injustamente de brujería, algunas de
estas mujeres enjuiciadas fueron...*

El musgo y el pasar de los años
sobre aquella vieja placa de piedra
grabada no me permitió ver sus
nombres, debido al deterioro.
Una vez allí y sentados en nuestro
lugar, cuarta fila de la izquierda, ya
que según el cura que iba a oficiar
dicho enlace, el lugar donde uno
debe sentarse es aquel que le
corresponde, ni más ni menos.
Todo fue genial, la novia guapísima,
el novio aparentemente tranquilo y
muy elegante, se dieron el " SI
QUIERO" y todos nos dirigimos
hacia el lugar donde se realizaría un
cóctel, antes de cenar.
Andamos, yo con ayuda de mi bastón
hacia aquella zona, donde nos
agasajaron con abundante comida y
bebida.
Mientras Quim, parecía más obseso,
en conseguir como único alimento,
unas manzanas verdes que colgaban
de un árbol, Nil que siempre ha sido
más protocolario, disfrutaba de los
cortes de un buen jamón curado.

Al cabo de unas horas y
honestamente, después de haber
ingerido una copa de vino blanco,
tomé mi medicación, graso error.
Unos minutos después, los allí
presentes, empezaron a deformar
sus cuerpos de forma imposible,
todo empezó a centrifugarse, lo que
era hasta ese momento una velada,
increíble se convirtió en una
horrenda pesadilla.
La música empezó a distorsionarse,
las personas que allí estaban, de
pronto, con pasos errantes y cuerpos
del revés empezaron a perseguirme,
o eso me parecía, no tenía ni el
auxilio de Maria, que junto a los
niños, marchó hacia la habitación,
minutos antes, para dormirlos de tan
cansada fiesta.
Algo estaba yendo mal y en una
mezcla de miedo y agónica sorpresa,
me dirigí yo también hacia nuestro
cuarto.
De forma menos ágil de la que me
hubiese gustado, recorrí el camino

que me separaba de los míos,
aquellos entes, a lo lejos y ahora de
forma estática parecían mirarme,
para no perderme de vista, tampoco
me perseguían. No entendía
absolutamente nada.
Una vez cruzado los imponentes
mástiles en forma de cruz, que
cazaron y mataron brujas siglos
antes, llegué a los portones de
entrada, crujieron y se quejaron al
abrirlos, ya ni lo recordaba, me
pusieron en alerta, me asustaron sus
gruñidos.
Una vez dentro, habiendo cruzado
aquella vieja cocina, en la que ahora,
su horno, por alguna extraña razón,
estaba encendido, alimentándose de
leña antigua. Llegué a mí cuarto. Me
acosté junto a ellos, pero los niños,
Maria... vivían ajenos a lo ocurrido, y
como siempre, pensé que fue fruto
de la ingesta de mis medicinas.
De igual forma, una vez tapado con
las sábanas de la cama, que usé de
improvisado escudo, era incapaz de

sentirme a salvo, pocos minutos
después, de forma temblorosa, me
dormí.
Al cabo de unas horas, a las cuatro
de la madrugada, un grito que
parecía no tener origen que lo
emitiese, me hizo saltar de mi cama,
mientras los demás dormían
profundamente y sin inmutarse. Abrí
el pequeño porticón de la ventana
que teníamos en nuestro cuarto para
volver a ver lo imposible. El lugareño
que nos dio horas antes su calurosa
acogida y siguiendo con la hoz en
mano, gritaba nombres, para mi sin
sentido, no los conocía. Gritaba
nombres de mujer, parecía perseguir
personas que eran imposibles de ver
o voces que no eran escuchadas por
los demás, excepto para él, excepto
para mí. Simplemente pensé que el
ya anciano labrador del campo,
había perdido algo de elocuencia y
que su ya vieja cabeza no funcionaba
bien. De pronto un segundo grito,
que sí pude escuchar de forma

clara, un alarido que sonaba sonriente y lúgubre, alertó al labriego que marchó corriendo siguiendo el rastro del chillido, desapareció entre los árboles. Ese chillido era real, demasiado real, no era yo, no era mi cabeza ni mi medicación, o estaba tan loco como aquel lugareño o realmente algo ocurría tras aquella pequeña ventana. Por algún extraño motivo, me dirigí hasta la puerta principal, intentando recordar el crujido que emitía cuando alguien la intentaba abrir. Esta vez mi camino de vuelta a la salida, tenía un detalle distinto al de antes, la cocina con su horno de leña incandescente, desprendía olor a carne. Una vez abierta la sonora puerta, a lo lejos, una sombra labriega, con una hoz en la mano perseguía lo que parecían ser, siluetas con cabellos largos y cobrizos, pude distinguirlos gracias a la poderosa luna llena que iluminaba todos aquellos campos esa noche.

Aquellas siluetas escapando, se reían del pobre anciano que las perseguía, era incapaz de alcanzarlas mientras este, las maldecía en nombre de Dios.

Evidentemente quise quedarme al margen de aquella reyerta, mirándolos a lo lejos con asombro, de pronto aquellas sombras perseguidas desaparecieron, se esfumaron de pronto mientras aquel hombre, el desollador de brujas, jadeante por el esfuerzo, oró en el nombre del padre, del hijo… y acto seguido se desplomó. Yo no debía haber visto nada de eso, maldije, volví a mí cuarto intentando buscar una reconfortante cama junto a los míos. Abrí mi puerta, cerré el porticón de la ventana, me estiré de nuevo junto a mis anestesiados hijos, volví a escudarme con sábanas y más tarde que pronto, volví a dormirme tembloroso. A la mañana siguiente,

con el rostro cansado me desperté,
Maria y los niños habían salido a
desayunar, estaban bajo aquellos
antiguos mástiles encrucijados.
_Fantástico, pensé…
No había sitios más amables, donde
tomar café. Ninguno de los invitados
con los que me crucé, parecía saber
nada de lo ocurrido aquella noche,
tampoco quise preguntarles, por
miedo a lo que pensarían de mí. A mí
familia les insté a terminar pronto de
desayunar para poder volver a casa,
me hicieron caso. Cuando ya nos
embarcamos en mi vehículo e
iniciamos la marcha, desde el
retrovisor vi a aquel hombre mayor,
que horas antes estuvo cazando…

¿brujas?

Y que ahora parecía estar levemente
herido. Realicé todo el viaje de

vuelta sin mediar palabra ni explicar
nunca lo ocurrido a nadie, hasta
ahora.

CAPÍTULO XVIII
"Un buen padre"

El reloj de cuco, a la mañana siguiente, ya avisaba de la llegada de santa Clauss, aquella noche el bueno de Papá Noel llegaría en su trineo tirado principalmente por Rudolf y bajaría por las chimeneas de todas las viviendas de nuestro pequeño y nevado pueblo. La estampa no podía ser más agradable, como una postal, a través de la ventana, los primeros niños madrugadores ya jugaban a tirarse bolas de nieve, mientras otros construyen casi otorgándoles vida, muñecos de nieve.

El olor a leña quemada, producida
por las chimeneas a su máxima
capacidad, embriagaba todo el
ambiente con su agradable aroma.
Mientras todo aquello se sucedía, me
senté frente al ordenador, dispuesto
a seguir con la novela que estaba
escribiendo, mi afán por ella era casi
obsesivo y así me lo recordó Maria,
avisándome de que los niños ya
tenían sus bufandas al cuello y
estaban impacientes por salir a jugar
a la calle con la nieve.
Así pues, agarré el móvil para seguir
redactando en él, ya que era como
una extremidad de mi ordenador de
sobremesa y acompañé a mis hijos
fuera, pese a invadir todo el cielo un
sol radiante, casi azulado por la
época del año, hacía un frío
exagerado.
Pero allí estaba yo, con mi ya
veterana muleta, cansada por lo
vivido, sosteniendo el clima para y
por el disfrute

de mis hijos, que poco les importaba que el termómetro marcase bajo cero.

Quim y Nil salieron corriendo al jardín. Sus risas llenaron el aire helado, contagiosas y llenas de esa energía inagotable que solo los niños tienen. Apenas sintieron el frío en sus manos al comenzar a moldear la nieve, creando bolas perfectas para iniciar una batalla improvisada.

Nil, con su astucia, se escondió detrás de un pequeño montículo, mientras Quim, más impulsivo, lanzó la primera bola con un grito de guerra que resonó entre los árboles. La nieve volaba en todas direcciones, y aunque alguno de ellos terminaba con un copo en la nariz o el abrigo lleno de polvo blanco, no había espacio para el enfado.

En aquel momento, estático y
congelado, mientras observaba esa
guerra visceral, me vino a la cabeza
por primera vez en mi vida, de que
me había convertido en un buen
padre, pero era egoísta que lo
pensase yo, eso lo deberéis valorar
vosotros, el día de mañana hijos
míos, ese sentimiento invadió mi
cuerpo y dibujó una pequeña sonrisa
en el centro de mi cara y eso era
mucho, no era una persona que
regale demasiadas sonrisas y los
acontecimientos vividos últimamente
aún desdibujaron más cualquier
atisbo de felicidad en mi rostro.
Casi era incapaz de recordar cómo
se sentía dicho sentimiento.
Lo llamaban felicidad y yo casi lo
había olvidado por completo.
De pronto una ventana en casa se
abrió y dejó salir de forma poderosa
el dulce olor a galletas, recién
horneadas con, posiblemente,
formas navideñas.

Maria a través de la ventana, nos alertó de que quemaban pero que ya estaban listas para que entrásemos a desayunar.

Mis hijos sordos, como casi todos los niños a las órdenes de sus padres, ni se inmutaron, seguían ajenos en el mundo exterior, centrados en jugar con la nieve y un pequeño trineo que teníamos.

Yo me dirigí hacia la puerta de casa, adornada con flores de pascua, buscando un lugar cálido que expulsase de mi cuerpo el frío del exterior que ya había penetrado dentro de mí.

Maria y yo cogimos una galleta cada uno, de pie porque sentarme seguía siendo un sufrimiento para mi pelvis. Pese a que el día era perfecto, no debía olvidar que debían operarme dos veces más, que mis drogas seguirán allí cada día esperando a ser ingeridas y dar a luz todo su potencial posiblemente alucinógeno o no...

Que mi pobre columna no soportaría
los clavos ni los remaches
vertebrales que llevaba sujetos y
deberían volver a abrir, como quien
baja una cremallera, pero allí estaba
yo disfrutando de un desayuno con
mi mujer, mi cabeza volvió al pasado,
era como una primera cita y debía
disfrutar de aquella compañía, de
aquella galleta. Lo demás vendría
atropellando de nuevo mi vida, pero
no merecía ser protagonista en ese
momento, no tenía ningún derecho a
serlo.
Mis hijos de pronto, entraron en
casa zombificados por el olor a
galletas dispuestos a no dejar nada
para los demás. Besé a María y
sonreí, esta vez a mis hijos, mientras
ya devoraban esas deliciosas galletas
que ya no quemaban tanto, los
abracé, lo demás ya vendría y sería
contado en otro momento.

Entendí que en aquel instante
debía disfrutar por última vez, de
aquella **primera vez.**

FIN

Querido lector:
Espero que hayas disfrutado de esta pequeña
novela, la primera que escribo. Al igual que
Bérgamo, todos cuando somos novatos cometemos
errores, en este caso de escritura o formato, que
espero hayas sabido comprender. Escribir bajo los
efectos de los estupefacientes no es fácil i menos
cuando todo queda difuminado. Pero era la única
manera de que llegase a los lectores de forma pura
y sin tratar, como salió de dentro, en los momentos
de letargo.
Pero quiero que entiendas algo y el porqué de esta
novela.
*No me se rendir y menos cuando estoy queriendo
hacerlo, quizás por terquedad o esperanza.*
*No lo sé, pero seguiré haciéndolo y si algún día la
terquedad me abandona, me ruega que me detenga
y me amenaza con que no podré soportar una
herida más, el corazón deberá explicarle que solo
tengo una vida para poder intentarlo...*
*Que habrá que perseguir sueños, cuales sean, de
forma inquebrantable, que habrá que hacer las
piedras tropezar si es necesario, porque en esta
vida no queda otra que ser terco hasta
conseguirlo.Y si la victoria no llega, por terco iré
a por ella, aunque esté roto por dentro, pero de
una pieza por fuera, querido.*